息

小池水音

新潮社

目次

Illustration by Misato Ogihara
Design by Shinchosha Book Design Division

息

息

I

わたしは暗い天井を見上げ、そこからなにかを読み取ろうとする。

ちょうど棺桶ほどの大きさの長方形を縦に横に組み合わせたような継ぎ目が、コンクリートの天井には走っている。読み取るというよりもむしろ、天井のほうから投げかけてくるものをきちんと受け止めなければならないのだとも感じて、継ぎ目の端から端まで、わたしは慎重に視線をたどらせる。

大学生のころ以来、十五年ぶりに起きた発作だった。けれど夜明けにふと目覚めて、自分の気管支がほんとうにひさびさに狭まっていると気がついたときすでに、わたしは無意識のうちに、幼いころの習慣を再現していた。仰向けになり、手のひらをそっと腹のうえに重ねる。鼻からゆっくりと息を吸い、胸ではなく腹へと空気を送るように意識する。吸うことよりも、より多くの空気を吐くことを心がける。そうして目線のさきにある天井の模様を、ひたすら見つめる。

たとえ手足のどこかが痒くても、わたしは掻くことを辛抱した。すこしの身動きで症状に変化があるわけではないのだけれど、それもまたずっと幼いころからの習慣で、そしてあどけない祈りのようなものだった。血液にのって巡っている酸素を、わたしは大切にしなければならない。このからだをわずかでも多くの酸素で満たさなければならない。

そうしてただ臥せていることしかできない時間を、物心のつくまえから何十時間も、何百時間も積み重ねてきた。学校を休まなければならないことも多かった。授業に遅れてはいけないと教科書を手にとってみても、酸素の足りない頭では、うまく理解できなかった。そうしてわたしは本でも漫画でもなく、天井を眺めつづけた。天井はいつも変わらぬ模様をそこに広げていた。目にできる唯一のものである天井になんの意味もこめられていないことを、認めたくなかったのかもしれない。そこにはなにかがあるはずだとおもった。いまひとりで暮らすアパートのコンクリートの天井にも、かつて家族で暮らしていた家の白い壁紙の天井にも。

幼いころとはちがい、いつまで臥せっていたところで、母親が薬やポカリスエットを持ってきてくれることはない。どこかで身を起こして、からだを運んでゆかなければならなかった。あと三度呼吸をしたら。いや、もうあと三度呼吸をしたら。身を起こせばそのぶんだけ苦しくなることがわかっているために、わたしは起きるべきときを先送りする。

瞼を閉じる。天井を見上げることをわたしはやめる。しんと静まった部屋には、気管支の立てるがさついた風音だけが響いている。その言葉を知るまえの幼いころから、自分というのは単にひとつの吹きだまりでしかないと感じていたことを思い出す。目に見えない空気がわたしのからだに入りこみ、なにがしかを置いて、そしてなにがしかを持ち出して、またそとへと去ってゆく。息をひとつ吸い、またひとつ吐くたびに、自分の命は静かにすり減っていっている。そんなこともよく考えた。うまく呼吸できない自分は、ほかのひとよりもずっと早くすり減り、滓《かす》となって散るときが来るにちがいないとおもっていた。

瞼をひらく。かたく息を止めたまま、わたしは身を起こす。すこしのあいだベッドに腰掛けてじっとして、乱れた心拍がおさまるのを待つ。口をすぼめて、糸のように細い息を吐く。すっかり吐き切ると、今度は鼻からゆっくりと息を吸う。喉、気道、肺へと冷えた空気をくぐらせてゆく。そうしてわたしは立ち上がる。

からだはあくまで重い。しかし全身の感覚が乏しいために、容易に転倒してしまいそうな頼りない軽さも、同時に覚える。キッチンの洗い場に置いたままにしていたグラスを手に取る。蛇口から水道水を注ぐ。グラスのふちに口をつけて、慎重に水を飲む。とにかく水分を摂るようにと、これも幼いころ大人たちから言い聞かされてきたことだった。

水を飲んだことで眠気が払いのけられると、呼吸の苦しさもまた輪郭がはっきりとする。喉の奥、鎖骨の下あたりで、わたしのからだは不具合をきたしている。この苦しさを十五年のあいだ、ほとんど忘れていられたことが、自分でもふしぎだった。呼吸の苦しさなしに幼いころの自分はなかった。わたしはいま長い夢から覚め、ようやくまた現実に立たされたのだと、そんなふうにもおもえた。

キッチンのカウンターに手をつき、体重を預ける。十六畳あるワンルームの部屋を見渡す。部屋の奥では、左右の壁に大きな掃き出し窓が向かい合わせになっている。右側の窓のブラインドの隙間から、明け方の光がわずかに分け入ってきている。ほんのすこし眺めているあいだにも、光は微妙に角度を変え、その色あいを濃くしてゆく。

わたしは一縷の期待を抱いて、洗面所へと向かう。収納を開き、薬を雑多に収めてある箱から、錠剤を探す。しかしそこには風邪薬や頭痛薬といった、通り一遍の常備薬しか見つからなかった。あきらめて部屋に戻り、左側の窓のまえに置いてあるベッドに向かう。起き上がったときよりも乱暴な動作で腰を下ろす。背中をベッドへと投げ出し、足を上げてまっすぐに直る。立ち歩いたことで乱れた呼吸を、時間をかけてゆっくりと静めてゆく。

日がすっかり昇ったら近所の内科へ行くことにしよう。そうおもいながら、わたしはまた瞼を閉じてみる。そのときふと、目を覚ますまで見ていた夢の体感がよみがえった。それはこの十年のあいだ、くりかえし見てきた夢だった。夢にはいつも必ず、弟がいた。わたしはその夢のなかで、一歩、一歩と、弟のいるほうへと歩み寄ってゆく。その足取りを思い出す。

この苦しさを、弟は知っていた。おなじぜんそくに長く苦しんで、もしかすると、わたしが天井に視線を注ぐときの気持ちも、弟ならば理解してくれたかもしれなかった。胸のうちのどこかが熱くなる。しかし、ほんの一瞬ののちにはもう、その場所は冬場の窓ガラスのように、かたく冷えきってしまっている。

ふたたび天井に目を向ける。さきほどからなにひとつ変化のない粗い継ぎ目が、コンクリートの天井には走っている。意味のあるなにかがそこには示されている。

2

風が春彦の前髪をさらうと、左の額にある傷があらわになる。けれどそれは傷というよりも、二本指で肌をちいさくつまんでできた小さな皺のように見える。

あれは、春彦が七歳の夏につくった傷。自転車で近所のプールに向かうときいつも通った長い下り坂で、まえを走っていた春彦が転倒した。濁った色をしたたくさんの血が流れた。救急車で運ばれた病院で、春彦は額を三針縫った。

大人になっても消えなかったのか。揺れる前髪のあいだに見え隠れする傷を見つめながら、ぼんやりとそうおもう。

向かい合わせのボックス席。春彦は窓際の席に座っている。向かい側に座るか、あるいは隣に座るか、しばしのあいだ悩む。春彦は窓のそとを眺めている。わたしがいることに気づいているのかどうか、その表情からは読み取ることができない。

こうして悩むあいだにも、春彦はいなくなってしまうかもしれない。

胸のうちでほのかにそうおもったのを、誰かが目ざとく見抜く。そうして気がついたときには、春彦はもういなくなってしまっている。

列車は走りつづける。走行音が車内にやかましく響く。しようがなく、春彦がさきほどまで座っていた場所に腰を下ろす。座面に温もりは残っていない。

窓のそとを過ぎる木や建物の影がめまぐるしくそのかたちを変えながら、正面の席のシートに、複雑な模様を広げている。じっとその模様を眺める。突然、大きな影ができると、模様はただの奥行きのない暗がりになる。

そこで目を覚ます。

＊

事故が起きたわけではないことをカーラジオが伝えていた。目のまえのトラックは若干進んだとおもうとすぐさまブレーキランプを点して、それからまた何十秒ものあいだ、一センチたりとも動かなくなる。わたしは運転席のリクライニングをすこし倒す。わずかに息が通りやすくなったと感じる。

渋滞というものの生まれるメカニズムを、いつか夕方のニュースで見たことがあった。どこかの誰かが躊躇ったり、ぼうっとしたりして生まれたほんのわずかな遅れが次の車の遅れを生んで、やがてどこまでも連なり、長く深刻な淀みとなる。コンピューターグラフィックスによるシミュレーション映像を見て以来、それはわたしにとって、渋滞にとどまらない世の中をひもとくひとつの説明として記憶に残っていた。

河原には冬枯れて灰色がかった草木が埋めている一角と、砂利によって均された一角とが隣り合っている。高速道路の高架からそうした草木を眺めていると、それらは秋をこえ、冬の風にさらされるうち、互いの葉が絡まり針金のようにかたまって、すっかり身動きが取れなくなっているように見えた。

河原を均す作業員たちは、そのあまりに複雑な絡みように音をあげて、途中で引き上げてしまったのではないか。ほとんど進まない車内にいて、わたしはぼんやりとそんなことを考える。

もちろん作業員たちは遠からず、あの枯れた草木のあたりもさっぱり刈りとってしまうだろう。遮るものがなくなり、遠慮なく吹きすさぶ風をわたしは想像する。そこに立ってみたいとおもう。なにも手に持たず、髪が乱れることをいとわず、できれば靴すら履かず裸足のまま、したたかな風を受けるその感覚を、肌のうえに浮かばせてみる。風はきっとからだの輪郭をなぞって、首のうえに載る顔があることを、垂れて伸びる腕があることを、身を支える足があることを、わたしに思い出させてくれるだろう。

狭い車内に長いあいだ閉じこめられているからか、その願望はより強いものになる。発作が起きるようになったこのしばらくで、からだのさまざまな感覚まで、どこかぼんやりと薄まってきているようだった。

渋滞で遅れそうだと、短いメッセージを母に送る。了解。ほんの数秒でそう返事がきて、わたしはおどろく。スマートフォンを手放すことなくソファに座って一日のほとんどを過ごす母の姿を想像する。

七十歳を目前にした母のその手のうちにも、誰かの取り留めのない日常やら、政治にまつわる放言やら、美談やら悪意やらが無造作に流れこんでゆく。それはなにか不適切な、容赦のないことだと感じる。顔の見えないそうした声は、母の生きる世界とは無縁のものであってほしい。彼女もひとりの大人であると頭ではわかりながら、それでもわたしはそんなふうにおもう。

母にはたとえば、どこか緩やかな山あいの、豊かで美しい谷のような場所で生きていてほしかった。そこには村の端から端まで、穏やかで清潔な川が流れている。川下には豊かな果樹が繁っている。余計なひとびとの出入りはなく、日常の枠をこえた悲嘆や暴力と出会うこともない。インターネット上のさまざまがリアリティを失くすようなその村には父が、幼い日の自分が暮らしている。そしてもちろん、まだ幼いはずの弟も。

そこまで考えてみてわたしは、自分の思い描くイメージの貧しさに気づく。出来の悪い絵本のようなその想像を遠ざけようと、目の前のトラックのナンバープレートに目をやる。意味を持たないその数字を眺めたあと、わたしはまた窓のそとに目を向ける。

国道沿いにあるとにかく広いファミリーレストランで、両親と夕食をとる約束をしていた。ダイナーと呼びたくなるアメリカナイズされた内外装で、けれどメニューは幅広く、和洋中がひととおり揃う店だった。

どうせ帰省をするならば、ほんとうは母の手料理を食べたかった。けれどわたしはいま、両親の暮らす家に入ることができない。夕食をともにしたあとは、近隣に一軒だけあるビジネスホテルに泊まることになっていた。

実家に寄ることのできない理由は、猫だった。祖父の代まで建築資材の商店を営んでいた名残りで、両親の暮らす家の裏手には古い倉庫が残っていた。当時の商品である炭やコンクリート材の詰まった袋が積まれたままのその倉庫に、一匹の猫が居ついている。一年前の正月、母がそのことに気がついた。

長く使ったブラシのように、不揃いに伸びる薄茶の毛並み。細く尖った顔つき、丸く短い手足、ちょっとおどろくほど長い尻尾。そうした猫の姿をおさめた写真を、母はつぎからつぎへと送ってきた。毎日倉庫のシャッターを開けて、供え物のようにしてキャットフードを置くと、猫は徐々に警戒を解いて姿を見せるようになった。そのころ、母はようやく気がついたのだが、猫はじつは二匹いた。ほとんどそっくりの外見で、ぜんぜん見分けがつかないのだと母は笑った。名前は？　わたしがそう聞くと、名前はつけないと母は言った。野良の子って、ふと気づくとどこかに行ったまま、帰ってこなくなってしまうでしょう。両親はだからその猫たちをただ、きみ、きみたち、と呼んでいるそうだった。

もう十年以上、たとえ訪れた家に猫がいたとしても、すこし目が赤くなったり、鼻水がでるぐらいで済んでいた。けれど二週間まえからふたたびぜんそくの発作が起きるようになったいま、日常的に猫が出入りする家に入ったならば、きっとほんの数分で呼吸困難になってしまうはずだった。

小学校一年生のころ、実際にそうなったことがあった。あとになって母から聞かされた話では、わたしはある日の放課後、その同級生の家にはじめて遊びにいった。青々とした芝生の庭がある大きなその家の記憶は、いまでも残っていた。猫はいないよね。わたしは家に入るまえに同級生に尋ねた。うん、いないよと言われて安心して、彼女の部屋で人形遊びをした。

はっきりとした記憶はそこまでで、気がついたときわたしは、救急車のなかで大人たちに取り囲まれていた。

同級生の姉がその日たまたま、友だちから預かった猫を連れて帰った。そして玄関でケージから放すと、なぜだか猫は一切のためらいなく、一直線に、子ども部屋へ向かった。手に持つ人形に惹かれたのかもしれない。あるいはただ、知らぬ家にパニックを起こしていたのかもしれない。ともかく、猫はわたしの胸もとに、勢いよく飛び込んだ。妹の友人が来ているとは、ましてやその子にアレルギーがあるとは、友人の姉は知りようがなかった。

救急車で目を覚ますと、そばにいる男の人が、ゴム手袋をはめた手に注射器を持っていた。注射はいやだな。わたしがぼんやりとそうおもっていると、どうやら意識を失っているうちに、注射はもう済んでいるようだった。よほどの発作でない限り施されることのないその処置によって、わたしの気管支はすぐさま広がり、息が通った。そうしてようやく意識がもどったのだった。

力いっぱい鳴らしたシンバルの音のような、呆れてしまうほどに明るい蛍光灯が、救急車の天井に光っていた。少なくともそのときのわたしの目に、明かりはそれほど過剰なものに映った。それはあるいは、気管支を無理やりに広げる薬液の効果によるものかもしれなかった。

目ははっきりと冴えているのに、からだは指一本動かすことができず、車内の話し声も物音も、なにか厚い膜を隔てているように聞こえた。肺に空気が届くようになってもまだ、直前までの酸欠の余韻が抜けなかった。

誰かに手を握っていてほしかった。あるいは手すりでもなんでもいいから、かたく摑んでいたかった。自分はいま世界から絶たれかけたのだという実感が、はっきりとあった。

実際、もし同級生の姉が周囲の大人を探しにいくよりもさきに救急に電話をかけていなければ、ぶくぶくと炎症を起こした気管支は完全にふさがって、わたしは窒息死していたかもしれなかった。吹きだまりであるところのわたしは失われ、そこには何事もなかったかのように、ただ風が勢いよく吹きすぎるはずだった。

ただ静かにして苦しい時間をやり過ごせば、トンネルを抜けるように快方に向かうのだというそれまでの認識は、単なる思い込みだと知らされた。トンネルは出口に向かうとは限らない。道幅が次第に狭まり、天井が低くなっていって、最後にはねじれて途絶えてしまう、そんな隘路がある。ふいに猫が走り寄ってくるような些細なことで、自分はその隘路へと引き込まれてしまう。だからといって発作が起きているあいだ恐怖が胸を占めていたかといえば、そうではなかった。酸素が減ると、ものを考える余裕が失われるのと同時に、感情もまた乏しくなった。静かだった。この静けさは、隣にいる母にもわからないだろうなと、幼い日のわたしはおもっていた。

「ボンゴレビアンコひとつ」

父が自分のメニューを注文する。かつての父ならば「グラスワインの白も」とつけ加えていたにちがいなかったが、いまではもう、酒自体をほとんど飲まなくなっていた。

数年まえの母やわたしからみれば、それは考えがたい変化だった。夕方の四時から飲みはじめ、何度か寝室で短い時間眠ってはまた居間に戻り、日付が変わるまで飲みつづける父を、母が諫めては諍いになる。そんな毎日が二十年以上もの長い年月、くりかえされてきた。

いつ肝硬変が起きてもおかしくありません、お元気なのがふしぎなくらいですね、肝硬変はもう起きているかもしれませんね。

検査結果をみる若い主治医がそう語調を強めていったことで、父は七十歳を目前についに酒量を減らした。計量カップを使い、焼酎を量って飲むようになった。四〇〇ミリリットルを飲みきったあとさらに二〇〇ミリリットルを足していた時期があり、四〇〇ミリリットルで収まるようになり、三〇〇、二〇〇と減り、ついには飲まない夜が多くなった。

酔ってくだを巻くこともなくなった。午前中まるごと二日酔いに苦しんで過ごす日々が終わり、そのかわりに、父は目的地を持たない散歩をするようになった。レコードの音に重ねてがなりたてるように歌をうたうこともやめて、ただ静かに音楽に耳を傾けた。肝臓の数値が改善してゆくのを、結果の通知をくり返しみて喜んだ。父はそのようにして老いていった。

明日の十時に小川さんを訪ねることになっていると、母から聞かれて答えた。今夜泊まるホテルから徒歩で二十分ほどの場所に小川医院はあった。

「小川さんの娘さん、スーパーでときどき見かけるのよ。きれいね」

「あのじいさん、よく働くなあ」

「結婚してたしか四国にいって、戻ってきて病院の手伝いしてるのよ」

「はやめに禿げあがっちゃうと、マジのじいさんになってから老けが目立たなくていいな」

母と父の会話は噛みあわないまま、けれどおなじ話題の周辺をふらふらと好き勝手にさまよう。いつからふたりはこんなふうに話すようになったのだろう。幼いころ、耳を塞ぎたくなる夫婦の喧嘩が毎夜のようにあった。仲良くしてほしいとおもった。それができないならば、さっさと別れてしまえばいいと、思春期になってからはそう感じていた。

けれどいまふたりが行き着いたのは、つかず離れずの距離にいて、互いに対して頓着せず、好き勝手に宙を掻きあう、ふしぎな関係性だった。時の重なりやひとの老いにこのような効用があるとは、かつての自分には知る由もないことだった。

「春彦、小川さんの娘さんのことが好きだったのよね」

母がそのように言うと、父は「え?」と聞きかえす。

「ほら、春彦。小川さんの娘さんとさ」

そう言い直したのを聞いて父は、知らなかったよぼくは、と大きな声をあげて驚いた。もう、いやだ。わたし何度も話したことあるわよと、ふたりがそのように話しているところで、わたしもようやく、そうだったっけと口にすることができた。

春彦とわたしは六歳離れていた。仲は良かったが、恋愛について親しく話したようなことは一度もなかった。どうやら恋人がいたらしいことは当時から知っていたが、その相手が小川さんの娘さんだとはおもっていなかった。

「娘さん、稜子《りょうこ》さんよね。稜子さんが大学生で、春彦がまだ高校生だったころ、ふたりでいるところを見かけたのよ」

「小川のじいさん、あんな見た目だけど、ぼくとほとんどちがわないんだよな」

「わりとお似合いだった気がするんだけど」

「奥さん、いなくなってな。いきなり。あれは大変だったろうけど、禿げるのがさきだったっけ」

「さきだったわね」

「あのボロい医院、いいかげん改装したほうがいいんじゃないか」

「小川さんは禿げていたっていいのよ、頭のかたちきれいだから」

十年まえ、二十歳を目前にして死んだ春彦のことを、母はいつからかあたりまえに口に出すようになった。父はなんのこともない顔をして、あいまいな相槌を打つのが常だった。それが弟の死から一年経ってからのことだったか、三年経ってからのことだったか。五年か、七年か、わたしはその境目をうまく思い出すことができなかった。

春彦の遺品の整理は、母がほとんどひとりで済ませた。そのためか、わたしがすっかり忘れてしまっていた春彦とのささいな出来事まで、母はよく覚えていた。交友関係、部活動の成績、漫画や音楽の趣味。それらの思い出について話すことを、母は楽しんでいるように見えた。

実家の廊下の壁や棚のうえには年々、春彦の写真が増えていった。わたしが幼いころから描いてきた絵や、春彦の部活の表彰状、家族旅行での記念写真など、もともと飾られていたもののあいだを埋めるように、大小さまざまなフォトフレームが加わり、ときに細かに位置が調整されていた。

そうして並ぶ写真を眺めていると、母の胸のうちで春彦はきっと、日々さまざまな顔を見せるのだろうと想像した。実家に帰るたび、わたしは春彦の写真にどのような視線を向けたらよいかわからずに、目を逸らした。

「それじゃあ、小川さんによろしくね」

両親とわたしはダイナーのまえで別れて、べつべつの車に向かう。ふたりの乗る車が駐車場を出てゆくのを見送って、わたしも自分の車の鍵をまわす。

ドアを開けて、運転席につく。エンジンをかけるまえに、姿勢を正す。そうしてゆっくりと息を吐く。ちょうど昼ごろに飲んだ薬が切れてくるころあいだった。

痰が絡むようなぜいという音が、胸の奥でする。肩のまわりがこわばっているのを感じる。寝る寸前に薬を飲んだほうが、朝までゆっくり眠ることができるとわかっていた。これからホテルの部屋につき、顔を洗い、そして軽くからだを流すまでは、この状態で辛抱しなければならなかった。

中学生のころ、学校行事の登山中に発作が起きたこともあった。高校受験の当日にも、呼吸はつかえていた。はじめてできた恋人との旅行中、宿泊したホテルの部屋の空気がからだにあわず、夜中に目を覚まして浅い息をしたこともあった。車の運転くらいのことなら、軽い発作が出ていても心配ない。少なくとも自分ではそう考えていた。

左右を確認して、ブレーキを軽く踏みこむ。そうして車を進ませる。社会に出てまだ間もないころに購入した中古車だった。維持費は苦しかった。それでももう十年以上、たとえ電車のほうが便利な場所であっても、わたしは車で出かけることを好んでいた。

それはもしかすると、幼いころからのこの持病が関係しているのかもしれない。足さきをほんのわずかに動かす。ただそれだけで、一〇〇キロものスピードで走ることができる。その感動はきっと、臥せてばかりいた幼いころの体験と、どこかで結びついているはずだった。

お母さんやお父さんには、もうたまきちゃんしかいないんだから。そばにいてあげるのよ。母の友人からいつかそんなふうに言われたことを、車を走らせながら思い出す。あの家に戻ることを、わたしは想像してみる。古びた居間があり、古びた廊下があり、古びたそれぞれの部屋がある。そのいたるところに、春彦の写真が飾られている。

ふたりきりの車内で両親は、どんな言葉を交わしているだろうか。家についたあと、どんなふうに過ごすのだろうか。きっと、とりたてて話すこともないまま、ふたりは風呂に入ったり、テレビを観たりする。そうしてひと言ふた言会話して、寝床につく。古びた家を満たすその沈黙の深さをおもう。

静かな車内に、気管支のたてるざらついた音が響いていた。言葉をなすでも、メロディをたどるでもない。ほかの誰が聞くこともない曖昧な風音が耳についた。

3

また、この列車に乗っている。またと感じるのだけれど、それがいつのことだったかは、自分自身でもはっきりとしない。

列車は一定のリズムで揺れる。前方のどこかの窓が開いているのか、ゆるやかな風が車内を流れる。ただのデジャヴだと思い直して、春彦の隣の座席につく。

春彦の肩に手でふれる。ガーゼのように薄い生地越しに、そこにある体温をたしかめる。春彦の腕が細くなっていることに驚く。あのときの春彦の手足は、まるで水風船みたいにふくらんで、赤々としていたはずだった。

あのときとはいつ?

疑問がまた浮かんでくる。けれどなにか嫌な感覚がして、あのときについて考えることをわたしはやめる。

春彦に話しかけよう。そうおもうと胸のうちに、わくわくするような感情が広がる。まちがいなく春彦に笑ってもらえるエピソードがあったような、あるいは、春彦ならわかってくれる誰かの他愛のない悪口があったような、そんな気がする。するのだけれど、いっこうに言葉がでてこない。

そうだ、あれはＩＣＵの隣にある部屋だった。

あのときがいつだったか、わたしはついに思い出してしまう。ひとたび記憶がよみがえると、もう留めることができなくなる。ＩＣＵの隣のあの部屋で、目も、口も、指も動かない春彦のむくんだ手足を、母とふたりで、ひと晩中さすった。モニターに表示される血中酸素濃度の数値は、少しずつ、しかし確実に下がっていった。

強くつねったら、もしかすると声を上げるんじゃないか。そうおもって、二の腕のあたりをつまみもした。赤い痕が肌にはっきりと浮かんだ。それでも春彦は、微動だにしなかった。

あの痕はあるだろうか。そうおもって、隣に座る春彦の病院服の袖をまくる。そこに痕はない。赤くむくんでもいない。

薄く白い春彦の肌を指でなぞる。春彦はどんな反応も見せず、ただ窓のそとを眺めている。

*

朝、小川医院に向かおうとホテルのまえの通りに出ると、大きなマスクを着けた父がそこに立っていた。どうしたの？　驚いたわたしがそう呼びかけると、父はただ「行こうか」と言って歩き出す。どうやら、小川医院まで付き添ってくれるらしかった。

「せめてロビーで待っていたらよかったのに」

わたしはベージュのロングコートを着た父の背中に向かって言う。どうしてとか、なんのためにとか尋ねたところで、満足のいく返事がかえってこないことはよくわかっていた。

寝る直前に飲んだ薬が効いているのか、気管支の調子は良かった。三月のはじめでまだ気温は低く、けれど日が豊かに差していて、暖かかった。医者にかかりに行くことがばからしく感じられる陽気だった。

父は昔から、歩くのが速かった。レゴブロックのちいさな人形に似たまっすぐに伸びた姿勢で、わたしや弟を連れる母をほとんど置いてゆくようにして、ずいぶんさきを歩くのが常だった。

「たまきにはもう、ずっと昔から言ってきたとおもうけど」

数メートルさきでふと立ち止まり、わたしが追いつくのを待つと、父はそう話をはじめた。

「苦しいときは、まっすぐ寝転んで、丹田に力をいれるんだ」

両手のひらを父は下腹部のあたりに重ねて当てている。

「それで鼻から勢いよく息を吸って、一、二、三秒のあいだ止める。そしてゆっくり、ゆっくり口から吐く」

父もまた幼いころ、小児ぜんそくを患っていた。わたしと弟は発作が起きるたび、父からおなじこの説明を、何度となく受けてきたものだった。

三人とも咳を伴わないぜんそくであることとも一致していた。幼いころのわたしたちきょうだいは、ヨガ教室の生徒のように、父から呼吸法を教え込まれた。はたから見ればおかしな光景だったろうとおもう。それでもわたしたちは真剣だった。勉強を教えることも、スポーツを指導することもない父が、子どもたちに熱心に伝えようとした数少ないことのひとつが、呼吸の苦しみをやり過ごすための術だった。

「ぼくが小さいころ思い浮かべていたのは、こう吸って、こう吐くたびに、地球のそとのずっと向こう、宇宙の端っこが縮んでは膨らむという、そんなイメージだったな。吸うと、宇宙はしぼむ。吐くと、宇宙は膨らむ。そうして真っ暗闇が広がったり、狭まったりする。それぐらい、ぼんやりしていたほうがいいんだ。ぜんそくのときに考えることは」

幼いころのわたしには、父の言う宇宙がうまく想像できなかった。イメージを摑もうとして、部屋の天井の隅にある色濃い影の部分をじっと見つめてみたりもした。

それでもうまくいかず、わたしはただ宙に浮かぶ風船が膨らんだり、しぼんだりする光景を頭のなかに思い描いた。考えてみればその風船は、自分自身の胸のうちにある実際の肺と、動きが逆さまになった鏡像だった。

わたしが息を吹きこむと、風船が膨らむ。わたしが息を吸いこむと、風船はしぼむ。そうした想像の風船が、幼いころのわたしの頭のうちに常にあった。単純で味気のないそのイメージは、たしかにあの苦しさをやりすごす助けになった。

父はふと立ち止まり、ジーンズの後ろのポケットから、スマートフォンを取り出す。なにをするものか、人差し指を使ってしばらくいじると、ほら、これと言って、音楽を再生させる。ジャズピアノとコントラバスの伴奏に、男性の鼻から抜けるような湿ったボーカルがのった、静かな曲が流れた。

「最近はもう、これぐらい軽いのがいいんだ」

本人はあまり多くを語らないが、父は若いころミュージシャンを目指していた。大学を休学してサンフランシスコで浮浪者同然に過ごした一年があり、卒業後も定職につかずに、ネパールでヨガを学んでいた半年があった。母からはそのように聞いていた。父の棚に並ぶレコードのなかには、たしかにこうしたジャズは見かけなかった気がする。

「安いイヤフォンだから、たいして良く聞こえないんだけどね。ちかごろはこういうのを聞きながら歩くんだ。マイルスよりもすごかったのに、ばかな男で。まあ、ぼくも大概ばかだけど。気が晴れるよ」

音楽はどれも、古びた住宅街の景色とふしぎによく馴染んだ。枯葉をのせた汚れた植木鉢が、あの家にもこの家にも見られた。色あせたほろを張ったままの商店が、閉じたシャッターを錆びるにまかせていた。古い音楽を引き連れて歩く父の表情は、たしかに以前よりもどこか晴れやかであるように見えた。

春彦のことがあった直後、父はすべての仕事を投げ出して、家に引きこもった。憔悴しているのは母もおなじだったが、市役所での仕事をつづけ、周囲のひとびとからのお悔やみに応じる母は、孤立することがなかった。酒を買いにゆくほか、ほとんど外に出ることのない父を心配した数年があった。

だが、それももう過去のことなのだと、父のいまの佇まいは伝えているようだった。十年という月日が父になにをもたらし、その内心にどんな思いが生じて、どんな思いが遠ざかっていったのか。わたしはなにも知らないままでいた。

スマートフォンから流れる穏やかで無害なメロディに耳を傾けながら、わたしはそのことを考えてみる。まっすぐに響くトランペットの音はたしかに美しいと感じる。トランペットがこれほど静かに鳴ることにわたしは驚く。

穴の空いた砂袋から、少しずつ中身がこぼれ落ちてゆく。この十年のあいだ、わたしの胸のうちに絶えずあったのはそうした感覚だった。十年まえの冬、春彦そのひとが死んだ。その後は少しずつ、けれどたしかに、記憶や、春彦の手触りのようなものが時を追うごとに失われていった。死別とはつまり、死をもっていっぺんに終えられるものではなく、いっときはじまればやむことなく、果てしなくつづくものなのだと知った。

けれど、とわたしは老いた父の姿を見ておもう。忘れることで訪れる安らかさがあるならば、それもいいのかもしれない。両親の先行きは決して長いわけではない。父がいま穏やかな日々のなかで長い散歩ができているのならば、わたしは娘としてそれを喜んでやるべきだった。

父とわたしは無言のまま、音楽を聞いて歩いた。そうするうちに、道のさきに医院の掲げる看板が見えてきていた。

じゃあ、気をつけて。父は唐突にそう言ったかとおもうと、くるりとふりかえり、来た道を戻ってゆく。診察が終わるまで待つものと想像していたわたしは、拍子抜けした。父はジーンズのポケットからイヤフォンを取り出すと、それをスマートフォンと両耳につけた。そのまま一度もふりむくことなく、遠くの角を曲がって去っていった。

以前から変わった箇所を挙げるのが難しいほど、小川さんは小川さんのままだった。小児科と内科と呼吸器科を兼ねた個人医院を営む小川さんのことを、わたしたち家族をはじめ近隣のひとびとはみな、親しみから先生をつけずに小川さんと呼んでいた。とても健康そうには見えない線の細いからだつきで、薄く白い肌が顔や首や腕に繊細なしわを作っているのも、昔からのことだった。

絵本に出てくるような赤い三角屋根のある小川医院は、むかし住宅として使われていた建物を、壁を足したり、引いたりして医院に変えたような間取りだった。

ささやかなポーチをあがり、玄関に入ると、なかにはミニシアターのチケット売り場のような受付がある。長い廊下は待合室になっており、突き当たりには子どもたちが遊んで過ごすことのできる、スポンジマットを敷いた一角がある。

診察室は、食卓を置けばそのまま食事ができそうな雰囲気だった。部屋の隅にカーテンで仕切られた調剤室があり、その奥には二階へとあがる階段が、隠れるようにして伸びていた。

「おねえさん、そしたら診察台に横になってください」

幼いころ、ほかの子どもたちが名前に「くん」や「ちゃん」をつけて呼ばれるのに、わたしばかりがおねえさんと呼ばれていたのを思い出す。それはつまり、この医院を訪れるときはたいてい弟と一緒だからだった。訪れるのは二十年ぶりでも、小川さんはわたしのことを覚えていてくれていた。

二週間まえ、ぜんそくの発作が起きたことを話すと、母は珍しくはっきりとした口調で、いちど小川さんにかかりなさいとわたしに言った。なぜわざわざ遠くまでとおもった。それに、都内の適当な医院にかかれば、強力な気管支拡張剤をあっさりと処方してくれるにちがいなかった。息ができて、仕事に取り組めさえすれば、それでいいじゃないか。そうおもった。

しかし、母親の口から小川さんの名を耳にしたとき、この医院の佇まいが懐かしくよみがえった。赤い三角屋根に、リビングのような診察室。それらの風景が頭にはっきりと思い浮かんだ。両親の顔を見るついでに、あの医院に寄ってみるのもいいかもしれないと感じた。そしていざ目の前にしてみると、幼いころのぜんそくに苦しむわたしたち家族にとって、小川さんはほとんど仏さまのような存在だったことを思い出した。

横になったわたしの腹部のあたりに、小川さんがタオルケットをかける。失礼しますね、と風がちいさく唸るような声で言って、指さきでわたしの腹をやんわりと押す。それもまたずっと幼いころから、訪れるたびに受けてきた診察だった。ここは痛いですか、ここは痛いですか。そう問いかけながら、三本揃えた指さきを、腹の上へ下へと移らせてゆく。

病状にかかわらずおこなわれるその触診にどのような意味があるものか、昔も今もわからなかったが、それは少なくとも心地いいものだった。撫でられるのとはちがい、もちろん叩かれることともちがう、腹の厚みの半分ほどまで指を沈めるその圧力は、風邪で弱ったときも、ぜんそくで苦しいときも、ふしぎな安らかさをもたらしてくれた。自分にとってはひとつの狭い広がりでしかない腹のなかには、繊細な臓器がいくつも収まっている。そのようにして成る自分のからだがある。小川さんの指さきは、そうわたしに教えているようだった。

「本来、小児ぜんそくが再発することは、そう多くはないんですね」

いくらかの問診ののち、小川さんは言った。

「吸入は、やりましょうね。少なくとも一日一度。朝でも、寝るまえでもいいですからね。頓服の薬も、しばらくはあまり我慢せずに飲んでください。すこしずつ減らしていくようにしましょう。頓服薬は、いっとき楽にはしてくれるけれど、あなたを救ってくれるわけじゃないんですね。わかりますか?」

そう問われて、はい、とわたしは答える。ね、というその語尾が懐かしく、小川さんは昔から後ろに立つ母にではなく、わたし自身に向けて話していたことを思い出した。

ちかごろ、眠りが浅いということはありませんか。そう尋ねてきたときの小川さんの瞳に、わたしはたじろぐ。よく見れば灰色がかったその瞳はまるでわたしの返答そのものではなく、口調や態度、もっと抽象的ななにかを見極めようとしていると感じる。

そのとおりだった。ちょうど感染症で世のなかが慌ただしくなったこの一年ほど、眠りが遠く、かつ短いものになっていた。そして、夢をよく見た。あるいはそれは、単に眠りが浅いために、夢の記憶が残ることが増えただけなのかもしれなかった。

たしかによく眠れていない。そのように返すと、小川さんはなにも言わず、しばらくあたりの宙に目をやる。やがて正面に向き直ると、血液検査の結果がわかったら連絡すると言い、処方箋をメモに書きつけ、そばにきた看護師に手渡した。なにかを見極めようというさきほどまでの緊張感はなくなって、小川さんはもとの穏やかな目つきに戻っていた。

背中が痛くないですか。そう聞かれてわたしは、肩から背中にかけてひどく凝っていると伝える。それではこちらに背中を向けて、楽にしてくださいねと小川さんは言い、両手のひらをわたしの肩のうえに置いた。手の温かさが、薄手のセーターとインナーを隔ててもなおはっきりと伝わってくる。それは熱いと言ってもいいほどだった。

手のひらはしばらく僧帽筋のあたりに添えられて、そうしてほんの数ミリずつ、上下左右へと動いてゆく。丸まって眠る動物が、おさまりのいい首の角度、手足の位置を探しているみたいに、ふたつの手は身をよじらせる。やがて定位置を見つけたというように、手のひらにぐっと力がこもった。

指や掌底に力がこもるのではなく、手のひらが丸ごと、わたしの肩へと少しずつ沈んでゆくように感じられた。手のひらがだんだん背中のほうへと下るのが、熱の移ろう感覚でわかった。熱の帯は肩甲骨に沿っていっとき湾曲し、そしてまた背骨の両脇へと道すじを戻した。

「ご自分でやるときは、背中は難しいですからね。こんなふうに、鎖骨の下に手のひらを置いて、滑らせていってくださいね」

小川さんはそう言い、自らで実演してみせる。右手の中指で、左肩のさきに触れる。親指を鎖骨の下部に添え、息を吐きながら、手のひらを胸の中心のあたりまで、斜めに滑らせる。反対側もおなじようにする。

「大人の呼吸はね、だいたい吸って吐いて、四秒かかるんですね」

わたしが自分で鎖骨を撫でてみるあいだ、小川さんが話す。

「けれど、ぜんそくのときには、うまく吸えないし、うまく吐けなくなる。二秒で吸って吐いてをくりかえす、浅い呼吸になってしまうんですね」

腕回りから肩、背中、腰まで連なる筋肉が、さきほどと比べて、はっきりと緩んでいるのを感じた。呼吸の滞りはそうと知らぬまに、からだの端々にまで影響をもたらしていた。

「からだは勢いよく、たくさんの量を吸おうとします。けれどね、できるかぎり、それを耐えてください。そして、なるべく長く呼吸してください。たくさんではなく、長く。長く吸い、長く吐く。苦しいはずです。おねえさんも、よくご存知のとおり。それでもなるべくじっとして、息を長くすることを意識してください」

わたしは礼を言い、キャスターつきの丸椅子から立ち上がる。お大事にね、という小川さんの声に会釈をしつつ、診察室を出る。待合室には、数人の患者がベンチに腰掛けている。マスクが口もとにあることを、指さきで触れて確認する。受付から名前を呼ばれると、処方箋を受けとり、治療費を払って、小川医院を出た。

小川さんは春彦が死んだことを知っている。わたしはホテルまでの道を歩きながら、はっきりとした理由もなく、そのようにおもった。春彦とつき合っていた娘さんから聞いたのかもしれない。あるいはなにかのおりに母が直接、小川さんに話したのかもしれなかった。

弟が死んだこと、その経緯、以後の家族の混乱。もしかすると小川さんは、さらに多くのことを知っているのではないか。奥行きのしれない小川さんの灰色の瞳を見ていて、わたしはそんなふうに感じた。わたしや両親でさえ知らない弟の死の真相まで、このひとはなにもかも承知しているのではないか。そして、呼吸についての助言にしのばせて、なにかをわたしに伝えようとしているのではないか。

もちろんそれはただの錯覚だった。せいぜい小川さんは、たまたま知るところとなった弟の死を、憐れんでくれているだけにちがいなかった。

肩の周りが軽くなったおかげか、食欲が湧いてきていた。午前の日差しがまだあたりにたっぷりと注いでいた。昨日両親と夕食をとったレストランのそばに、能天気なかっこうの椰子の木に囲まれたカフェを見かけたのをわたしは思い出した。

ホテルの駐車場に停めていた車に乗り、エンジンをかける。ふと、両親を昼食に誘ってみようかと思いつく。診療のあとはそのまま都内に戻ると伝えていたが、ふたりはよろこんで応じてくれるにちがいなかった。しかし、なぜだか携帯電話に手が伸びなかった。思いつきを保留にしたまま、わたしはカフェに向けて車を走らせた。

夜に一度通った道を昼間に走るのが好きだった。草木に限らず、新興住宅地の一戸建ての並びも、シェードの曇った夜間灯の連なりも、昼日のなかにあってまるでその身をいっせいに震わせて息づいているように見えた。

わたしは家に帰ったら取り組むべき作業について考える。雑誌に載せる細かなイラストを描いてわたしは生計を立てていた。一点ごとの制作費が低いぶん、暮らしてゆくためには、より多くの仕事を引き受けなければならなかった。

昼どきまでまだ若干時間があるからか、道は昨夜よりも流れていた。信号で停まった交差点のはす向かいにカフェがあるのが目に入った。店は広く、清潔そうで、軽い食事をとるのにはちょうど良さそうだった。

右折レーンをじりじりと進んで、対向車線の直進車が行き過ぎるのを待つ。車が途切れるのを確認して、アクセルを踏む。そうして、もう右折が終わりかけたときのことだった。進行方向の左側で、けたたましいクラクションの音が鳴った。視界の端でまだ小さな影が、しかし素速く迫ってきているのがわかった。

わたしの車への威嚇でも、後続の右折車への牽制でもあるはずのクラクションは、空に向かって幾枚も重なるガラスの層をひとときに突き破るかのように、鋭く轟いた。

ほんの一瞬、気が動顚して、わたしは停車しそうになる。しかし、むしろすぐさま交差点を抜けるべきだった。踏みかけたブレーキペダルから足を離し、アクセルを踏み込む。わたしの車のすぐ後ろを黄色いスポーツカーが過ぎるのが、ミラー越しに見える。道路のアスファルトを削り取りながら進んでいるような、けたたましいエンジン音が聞こえる。

カフェの広々とした駐車場に入り、慎重に車を停める。枠線にうまく収まっていないことに気がついて、もういちど停めなおす。それからしばらくのあいだ、すっかり息を止めた車のなかでわたしは、じっと座ったままでいた。

背筋がこわばっていることに気がついて、シートに体重を預ける。全身にこもった力をどうにか緩ませようとする。大きなクラクションを鳴らされたことよりも、自分がとっさにブレーキを踏もうとしたことに、わたしは動揺していた。

車を降りる。カフェに向かい、駐車場を横切ってゆく。いつのまにか日はすっかり昇りきっていて、いまならばどんな落としものでも見つかるのではないかと、わたしはとりとめのないことをおもう。

お好きな席におかけください。白いフリルのエプロンをかけた女性の店員が言う。わたしは最初に目に留まった窓際の四人がけのボックス席につく。窓のそとには、椰子の木と木のあいだから、自分の車を遠くに眺めることができる。車は窮屈そうに身をこわばらせて、枠線にぴったりと収まっている。

そのときにはもう、自分の呼吸が重くなっていることに、わたしは気がついていた。ガラス越しにそとを眺める。店のそとの景色はいまでは、さきほどまでとすっかりちがうように見えた。すべてのものは目に見えないなにかによって覆われ、押さえつけられている。そうおもわせるものが空間に満ちている。植栽も車もコンクリートのかけらもすべて、外圧と内圧との釣り合いが取れていない。いまにもバランスを失って、かたちがひしゃげてしまいそうに見える。

わたしは目を伏せる。いやな音を立てるようになった自分の呼吸に、じっと耳を傾ける。さきほどの店員がやってきて、メニューと水をテーブルに置く。季節のおすすめを説明する声に、ちいさく頷く。店員が離れるのを待って、わたしはハンドバッグを開き、院内で処方された薬を取り出した。本来ならば薬を飲むよりもさきに、副作用の弱い吸入の処置を行うべきだった。

アルミの包装から錠剤を取り出す。それを舌のうえに置く。ひとの骨はちょうどこんな舌触りなのではないかとわたしはおもう。店員が置いていったコップの水を飲み下す。錠剤は喉もとのあたりまで感触を残して、胃のなかに落ちて行方が知れなくなる。薬が溶け出して、胃壁や腸を通して薬効が生じるのを待つ。早ければ五分で効きはじめる薬だった。

お決まりでしょうか。店員の声が思いのほか近い位置から聞こえる。わたしは瞼を閉じたまま、すみません、もう少しと返す。ごゆっくりどうぞと店員が言い、遠ざかってゆく足音が耳に届く。受診を終えたあと、まっすぐ帰路につくべきだった。錠剤は気管支を拡張して呼吸を助けてくれるけれど、炎症そのものをおさめてくれるわけではない。小川さんの忠告を思い出す。長い時間をかけて、習慣的に薬液の吸入をつづけること。そうして腫れて狭まる癖のついた気管支を、少しずつ休めていくほかないのだ。

もうそろそろ催促されてしまうとおもい、通りがかりの店員に声をかけて、アールグレイの紅茶を一杯注文した。店員は間髪いれず注文をくりかえし、ごゆっくりどうぞと最後につけ加えると、また足早に去ってゆく。

息を吸える限界も、吐くことのできる限界も、ふだんの半分より少なくなっている。立ち上がろうとすると両肩を押さえつけられ、座ろうとすると腰や膝を曲げるのを阻まれる。中途半端な姿勢をひたすら強いられるような、そんな苦しさだった。

ゆっくりとした足取りで近づく靴音が、ふいに耳に届く。さきほどの店員ではない。かたい野菜を包丁で刻むような、きっぱりとした音がすこしずつ距離を縮めてきていた。

足音はやがて、わたしのすぐ隣で止まった。閉じていた瞼を開く。横を見上げると、髪の短い女性がテーブルの脇に立ち、わたしを見つめていた。

4

もう、こんな夢を見ていたくない。

それが夢であることをときにはっきりと自覚して、わたしはそんなふうにおもう。人気のない車両。窓外を流れる抽象的な景色。血色の薄い春彦の顔。その寡黙さ。

それらすべてがありきたりで、作りものめいて感じられ、しかもこの稚拙なイメージを仕立てているのはほかでもない自分自身なのだと、そのことに憤りながら、座席の背に手のひらをすべらせる。

春彦に悪い。そう感じつつ、それでも春彦の隣の席に座る。こんなふうにしか、あなたのことをおもえなくてごめん。

もういないひとを思い出すということ、そのことにも巧拙があり、誠実なものと不誠実なものがあり、思いやりあるものと、ほとんど暴力的なものがあるのだと知る。たとえそれが夢という、自分の意志では左右できないものであれ。

春彦がわたしを見る。その瞳を見て、またべつのことを考える。でも、もしもこれが、ただの夢ではなかったとしたら？　なにか因果をこえて受け取ることのできた、春彦からのメッセージだとしたら？

半信半疑にも及ばない、ほんの些細な思いつき。それでも、わずかでもそれがありうるとおもうと、夢のなかのわたしはもう、理性を保つことができなくなる。

ねぇ、春彦。そう声をかける。涙が出る。春彦がこちらを見ている。わたしばかりが見つめているのではなく、春彦がわたしのことを見る。

列車がトンネルに入り、車内は真っ暗になる。春彦に向けて右手を伸ばす。そこにはたしかな感触がある。列車がトンネルを抜けるまで、決して離さないと強くおもう。

トンネルはいつまでもつづく。いつまでもつづくトンネルを列車は走ってゆく。

＊

「奥田環《たまき》さんですよね？」

テーブルの横に立つ女性が、わたしにそう尋ねる。

彼女は顔の右側を若干こちらに差し出すようにしている。耳の直下のあたりで切り揃えられた髪が、風を受けたカーテンの裾のように揺れる。前髪は不揃いで、けれどどの筋もあるべき位置に収まっているのだという、整った印象を受ける。ノーカラーのねずみ色のシャツを着て、右腕には薄手の黒いカーディガンを提げている。

相手の名前が浮かばず、わたしは口ごもってしまう。中学から東京に移ったため、わたしはこのあたりの知人とはもう、ほとんど交流を持っていなかった。

「小川稜子と言います。奥田さんのご実家とはご近所で、父は医院をやっています」

あ、とわたしは音にならない声を漏らす。遠い記憶に残る幼いころの彼女の像が、いま目のまえにいる姿と重なる。同時に、ようやく薬が効きはじめたのか、呼吸が楽になってきているのに気がついた。

よろしければご一緒してもかまわないかと、彼女は丁重に尋ねる。ええ、とわたしが返すと、彼女は向かいのソファ席についた。通りがかった店員に向けて手を小さく挙げる。ホットコーヒーをと言って、指を一本立てる。

目を閉じ、呼吸を整えているあいだに、わたしの頼んだ紅茶はすでにテーブルに置かれていた。カップの側面に指をやると、だいぶ冷めてしまっていることがわかる。

「ついさっき、小川さんに診ていただいていたんです」

わたしがそう言うと、彼女は口もとに控えめな笑みを浮かべた。それが返事のかわりだった。彼女の頼んだホットコーヒーがサーブされる。ペンで線を引いたようなはっきりとした湯気が、カップからいく筋もあがっている。稜子さんが口を開く。

「たしか六年生だったころの環さんのことを、よく覚えています」

わたしが都内の中学校に進学したのをきっかけに家族で東京に移るまで、稜子さんとわたしは、おなじ小学校に通っていた。学年は彼女が三つ下だった。近所の子どもたちと一緒になって、校庭で遊んだようなことも何度かあった。

あのころ、彼女はおなじ学年の子たちと比べても背が低く、からだが小さかった。細いのは変わらないけれど、いまではずいぶん背が高いように見えた。

「ドッジボールが得意でしたよね」

稜子さんが言った。彼女が何について言っているのか、わたしはしばらく思い当たらなかった。環さんが六年生のときだったとおもいます。授業時間が終わっても、勝敗が決まらなくて。そう彼女が説明するのを聞いているうちにようやく、そのときの記憶が少しずつよみがえってくる。

「ボールを取るのも、投げるのも苦手だったから、ただ逃げていただけで」

わたしが苦笑すると、いや、わたしははっきりと覚えていますと彼女は言って、当時の記憶を驚くほど詳細に話しはじめる。彼女はその日、低学年の教室の窓越しに、校庭でドッジボールをするわたしたちのことを眺めていた。

「環さんは、ボールを当てられずに残っている、最後のひとりでした。相手チームでボールを投げるのは、外野と内野ひとりずつ決まった男の子で、どちらもこのあたりの野球チームで活躍していたふたりでした。あの、ちびまる子ちゃんに出てくる、大野くんと杉山くんみたいな」

いちど記憶をよみがえらせてみると、自分でも意外なほど、そのときの光景をよく覚えていた。試合は一方的な展開だった。わたしはただひとり、前後左右を敵に囲まれて、目の回るような思いで長いあいだ逃げ惑った。ボールは素速く、狡猾に、常に足もとをめがけて飛び交っていた。わたしはほとんどずっと跳ねつづけた。

「チャイムが鳴っても決着がつかず、休み時間にわたしが校庭に出てみると、試合はなおつづいていました。チームメイトはたくさんいるのに、投げるのは当然のように決まった男の子たちだけで、彼らはボールに、なにかの怒りすらこめている。周りの子たちは環さんめがけて飛び交うボールにはしゃぎ、担任の教師ですら楽しんでいる様子で、ボールの当たる瞬間をみんながいまかいまかと待っているようでした。わたしの目にはその光景は、とても嫌なものに見えました。あのおねえさん、ぜんそくなのに。お休みすることも多いのだから、みんなそのことを知っているはずなのにと」

その日は小学校の六年間でもほんとうに珍しい、なんの留保もなく呼吸ができる日だった。自分はいつまでも動いていられる。そんな活力が全身の隅々にまで満ちていた。

わたしの発作はなぜだか初潮を境に、だんだんと頻度を減らしていった。あの日はたしかそれからまもない時期のことだった。だからどんなに汗が目に入ってひりついても、腹のわきがきりきりと痛んでも、ボールに当たってやろうという気が起きなかった。もちろん息はあがっていた。エンジンをかけたまま停車するバイクのような小刻みな呼吸音が、自分の耳にやけに大きく届いていた。それは自分のものではない、誰かほかのひとの息のようにも聞こえた。ずっとあと、大学生になってからはじめて男のひとと寝たとき、わたしはあのときの自分自身の呼吸を思い出した。喉は震えず声になることのない、ただ空気が行き来する音にさえ、単なる風音とはちがう、人間の温度のようなものが重なっていた。

ドッジボールをしていたあのとき、そんな音が自らの肺から出ていることが、わたしはうれしかった。はじめて知る種類の生きる心地のようなものが、指さきから肺の奥底までを満たしていた。

「やがて休み時間も終わってしまうころ、野球チームでピッチャーをしていた男の子が、大きく振りかぶりました。ボールは環さんの真正面、胸のあたりをめがけて飛んでいった。わたしはその瞬間を、じっと見ていました。あのとき環さんは、ボールを受け止めようとしたんです。ひたすら逃げることをつづけて、そうして最後のあのとき、ついにボールを見据えて、両手で掴もうとした。けれど手が追いつかなかったのか、ボールは弾けて、高くへと飛んでゆきました。試合を見ていた全員が、待ちわびた瞬間が訪れたというように、大きな歓声をあげていました」

ボールはわたしの手のひらの底にあたった。その感触をいまでも覚えていた。ついに避けきれないとおもいそれまで垂らしていた腕を挙げて、一直線に飛んでくるボールを取ろうとした。

「それで環さんはバランスを崩して、尻もちをつくように倒れてしまった。決着がついたと、みんながおもったはずです。でも、そのとき、高く飛んだボールはそのまま、真っ直ぐに落ちてきたんです。そうして、座りこんだ環さんのそのままの姿勢の腕のなかに、すっぽりと収まった」

わたしはボールをキャッチしていた。つまりアウトにはならず、試合はつづくはずだった。しかし、担任の教師は笛を鋭く鳴らした。タイムアップ。わたしはようやく手にしたボールを投げようとおもい、手に力をこめていた。次の授業がはじまるから、急いで教室に戻りなさい。教師のその声に、味方のチームの子たちは非難の声をあげた。それでももちろん試合は終わり、わたしたちは不満を垂れながら教室に戻った。

鼓動が高まったまま、息が切れたまま、そして同級生たちがかける賛辞のなかで、わたしは自分の胸が微かにぜいと鳴る音を聞いていた。胸にボールを受けた衝撃からか、あるいは長く動き回った結果か。わたしの気管支はいつもどおり、むくむくと腫れて狭まっていた。

その後の授業中、わたしはどうしても早退をしたくなくて、苦しいのを我慢した。いずれにせよそれは六時間目で、一日の最後の授業だった。ポーチに忍ばせていた薬を飲んだものか、それとも我慢をつづけて家まで帰ったものかは、もう覚えていない。

「わたしのなかで環さんはずっと、あのときのドッジボールで、男の子たちの豪速球を避けつづけて、そうして最後にキャッチまでした女の子でした。だからずっとあと、奥田さん一家が東京からこの町に戻っていらして、春彦くんとあらためて知り合ったときにも、最初にそのことが浮かびました。あの環さんの弟さんなんだ、と」

都内の大学のそばでわたしがひとり暮らしをはじめたころ、家族はまたこの町へ戻った。父の仕事の都合だった。それはちょうど、春彦が中学生になった年だった。

稜子さんは最初に話しかけてきたときとおなじように、時たま顔の右側をこちらに差し出すような姿勢をとった。それは右の耳をこちらに近づけようとしているのだと、わたしはしばらくして気がついた。もしかすると、反対の耳の聴こえがよくないのかもしれなかった。

彼女はカップを手に取り、最初にひと口すすったきりだったコーヒーを飲む。うまいとも、うまくないとも、その表情に浮かぶことはない。

なにか春彦について話そうとしているのがわかる。けれど、彼女はなかなか口を開かなかった。わたしはカップに視線を落とす稜子さんの瞳を見る。暗い色の奥に、小川さんとおなじ灰色がかすかに浮かんでいるように見える。

「環さんが医院にいらしたことを知って、わたし、どうにかお会いできないかとおもって、車を出したんです」

彼女はためらいがちに話をはじめた。

「あちこち回りながら、環さんはもう町を出て都内に向かってしまっただろうかと、そう思い始めたときでした。前を走っていた黄色いスポーツカーが、遠くの信号が黄色に変わった直後に急発進したんです。対向車が交差点を曲がりかけているのもかまわず、クラクションを鳴らし、スピードをあげてゆきました。そのときふと、わたしの位置から、右折しようとする運転手の横顔が、すこしだけ見えたんです。環さんだと、すぐにわかりました。車がこのカフェに入るのを見て、わたしもここに戻ってきました。弟さんのことを、春彦くんのことを、お話ししたい。そうおもったんです」

彼女は看護師になったのち、四国に医院を持つ医師のもとに嫁いでいった。そうして数年まえに離婚してこちらに戻ってきたのだと、母がいつだか話していた。

彼女にしてみればきっと、春彦は若い日につき合いをもった相手のひとりでしかないはずだった。それでもこうして稜子さんは、わたしと春彦について話そうと、わざわざこの場にやってきていた。

「稜子さんは、春彦とどんなふうに知り合ったんですか？」

疑問を抱きつつ、わたしはそう尋ねる。まだほんの短い時間しか言葉を交わしていないが、わたしは彼女の口から、春彦について聞いてみたいと思い始めていた。

稜子さんは時間をかけて、ふたりの出会いから別れまでを話してくれた。若干の年の差はあれ、それは若者のありふれた恋愛だった。

春彦が中学三年生のとき、地元の書店でアルバイトをしていた当時高校三年生の稜子さんと出会った。好みの漫画について話すようになり、一年ほどそんな時期がつづいて、春彦が高校生になるころ、書店のそとでも会うようになった。春彦のほうから、稜子さんに思いを告げた。稜子さんはそれに応えてくれた。

ふたりのつき合いは、春彦が大学に入るころまでつづき、そして終わった。次第に春彦からの連絡が減っていった。おなじころ、アルバイトや試験勉強で忙しくしていた彼女も、自分から連絡することが少なくなった。

そうした顛末ならば、わたしの周りでもいくらでも耳にしたことがあった。若い恋はたいてい、そんなふうに終わっていた。ただひとつ異なるのは、別れた相手がその半年ほどさきに、死を選んだということだった。

「春彦は、どんな男の子だったんでしょう。つまり、棱子さんのような女性と一緒にいるときには」

彼女は窓のそとへと視線をやり、しばしのあいだ考えこむ。はじめて彼女の左耳がこちら側に向いていることに、わたしは気がついた。やや縦に長い、整ったかたちをした耳は、外見においては右の耳となにも変わりなかった。

「穏やかで、そして賢いひとでした。きっと環さんのほうが、よほどよくご存知だとおもいますが」

棱子さんは正面に向き直り、そう口を開いた。そとではさきほどまで差していた日が、薄い雲に隠れてしまっていた。元を断たれた地上の光は戻るさきを失って、行き場のない、漠然とした明かりとしてあたりを漂っているように見えた。

「よく思い出すことがあるんです」

棱子さんの目がまっすぐわたしを見据えている。けれどその瞳はわたしのずっと後方を捉えているように、どこかぼんやりとして見える。

「思い出すようになったのは、結婚していた相手が、わたしのことを叩くようになってからのことでした。お気づきになったかもしれませんが、わたしの左の耳は、うまく聞こえません。もう二年ほどまえのことになりますが、ある夜、夫だったひとの振りあげた手のひらが、わたしの耳にあたりました。その衝撃で鼓膜が破れ、耳小骨を損傷しました。

はじめにかかった医師からは、そう時間をかけずとも鼓膜は再生するので、心配いらないと言われました。けれどそれから感染症にかかり、治療が遅れました。鼓膜そのものは再生していったのですが、聴力はいまでも、ほとんど戻ってきていません。貝に耳を当てると聞こえる波音のような雑音と、壊れた機械の電子音のような高い音が、常に響いている。そんな状態です」

そう話す彼女の指さきが、左の耳に触れる。珊瑚のように細く長い指だった。それは遠くにある記憶の痕跡を指で探り、深く濁った底からなにかを引き出そうとしているように見えた。

「結婚の前後で、夫は変わりました。わたしに非があろうとなかろうと、どんな些細な言動も、結局は夫の怒りを呼ぶようになってしまった。そんなふうに夫が豹変したことに、もちろんわたしは戸惑いました。そして戸惑いのなかで、こう考えるようになっていました。夫が豹変したことに、わたしの存在が関係していないはずがない。つまり、わたしのほうこそ変わらなければいけないのだと。

カウンセラーと面談を重ね、いくつかの本を読んだいまになってわかることですが、身近な誰かを打つひとというのは往々にして、その誰かが誰であろうと打つのだそうです。そうしたひとにとって目のまえにいる相手というのは、たまたまひとのかたちをとっている、理不尽で、融通のきかない世界そのものでしかない。でも、当時のわたしはたぶん、それを認めたくなかった。夫にとっての自分が、誰であっても変わらない存在であると、認めたくなかったんです」

テーブルに置かれたカップはどちらも空になり、薄茶色の輪じみを底に残していた。彼女が自らを、そして別れた相手のことを、そんなふうに冷静に見つめられるまでに要した時間の長さを、わたしはおもった。

「三年つづいた結婚生活のいつごろだったか、わたしはあるときから、春彦くんのことを思い出すようになりました。思い出すこと自体はどれも、他愛のないものばかりでした。かつて楽しく話した漫画のことだったり、あるいは、たいして話しもせずに長い時間を過ごしたことだったり——。

自分は結局、昔の恋人のことを思い出すことで、目のまえの現実から逃避している。当時からそのことはわかっていました。それにこのようなかたちで思い出すことは、春彦くんに対しても、礼を欠いた行いではないかとも。

それでも、春彦くんの言ってくれたことや、何気ない表情が鮮明に浮かぶことが、次第に増えてゆきました。写真が残っていないかと、古い携帯電話を開いてみたりもしました。けれど携帯はいくら充電してみても、暗い画面のまま、何を映すこともありませんでした」

コーヒーと紅茶のおかわりができると、店員が声をかけてくる。わたしたちが頼むと、それらは驚くほどはやく、それぞれのカップに注がれる。

「春彦くんと、南房総の海に出かけたことがありました。彼が高校を卒業して、大学に入るまえの春休みのころです。大学進学のお祝いに、日帰りの旅行をしようということだったとおもいます。志望していた大学には、残念ながら決まらなかった。それでも、ともかく受験そのものは終えられたと、ようやく重荷を下ろしたような様子だったことを覚えています。

穏やかな一日でした。さっきまでのように晴れ晴れとした天気で、風もさほど強くなく、海を眺めるのにこれ以上なくふさわしい日。わたしがレンタカーを運転してゆきました。カーステレオでは、そのころよく一緒に聞いていた、九〇年代のアメリカのポップスが流れていた。片道だいたい二時間ぐらいの道のりでした。目的の海岸に近づくほどに、カーナビが頼りにならなくなったことを覚えています。車が通れないような細い路地に案内されたり、ナビ上では道がないはずの場所に現在地のピンが留まっていたり。

そうしたとき春彦くんはいつも、他愛のない冗談を言って和ませてくれました。わたしはそんな春彦くんに、当時からずいぶん助けられていた。三歳年下の彼が、大学の同級生や先輩たちよりも、よほど大人びているように感じました。どうしたらこれほど、ひとの内心の変化に気づくことができるんだろう。これほどひとを安心させられる語彙を、いったいどこで身につけたんだろう。そうふしぎにおもっていました」

おなじように感じたことが何度もあった。六歳も年下の春彦のことを、わたしはむしろ兄のようにもおもっていた。酒を飲みすぎた父にわたしが声をあらげた翌朝、晩の様子を父にゆっくりと伝えて、穏やかに反省を促すのが春彦だった。

「どうやら正しい道を見つけることができて、海岸を示す標識が現れるようになりました。それらをたどってゆくと、ほんの直前までただの住宅地でしかなかった角を抜けたさきに、海めがけて緩やかな曲線を描いて下ってゆく、長い坂が現れました。

坂のうえから海へと向かう景色は、壮観でした。淡く緑がかった海は、分厚い白波を弾けさせながら、いちいち波を引かせるのも煩わしいというように、次々と岸辺に押し寄せていました。浜辺の手前に駐車場があるようだったので、車で坂を下ってゆきました。古い路面は長く整備されていないようで、凹凸が激しかったのを覚えています。わたしは大きな凹みを避けるため、路面に注意を向けていました。

そのとき、春彦くんが、あ、と言って正面を指差しました。いまの、見た？　どうやら彼は、沖合になにかを見つけたようでした。

『大きな鳥が、海に飛び込んだんだよ』

そう言ってその様子を、両手を使って再現していました。左腕を平らに伸ばして、水平線に見立てる。そして尖らせた右手の鳥を、水平線の下に飛び込ませるというように。

『……二十九、三十。もう三十秒経つのに、まだあがってこない』

駐車場に停車するころ、彼がそう言いました。彼は坂を下るあいだずっと、海面から目を離さずに、鳥がそこに浮かんでくるのを、秒数をかぞえて待っていたんです」

視線のさきに広がる海。路面の凹凸による揺れ。運転する稜子さんの隣で、そうして手振りをまじえて説明する春彦の姿を想像する。

「魚を求めて水に飛び込んでゆく海鳥を、わたしはＮＨＫの番組かなにかで見たことがありました。それでも、何十秒ものあいだ海に潜ったままでいる鳥は、番組には出てきませんでした。彼の見た鳥は、ほんのすこし目を離した隙に海面に浮かび上がり、すでに飛んで行ってしまったのではないか。あるいは、鳥ははじめから海に飛び込んではおらず、むしろくちばしに咥えていた魚かなにかが、海に落ちたのではないか。わたしはそのようにおもいました。

けれど彼は、実際に鳥が飛び込むのを見たと、頑として譲りませんでした。鳥が両の羽をたたむようにして流線型になり、そして海めがけて矢のように落下していったのだと。彼はときどき、そんなふうに頑固になるところがありました。自分の目で見たものや、耳で聞いたことは、ちょっとやそっとのことでは曲げないというような。

春彦くんがそれほど言うならば、鳥はきっと飛び込んだのだろう。そうおもうことにして、しばらくふたりで一緒に海を見張りました。どちらかは絶えず海を眺めたまま、どちらかがその手を引いて浜辺を歩く。そんなふうにしてしばらくあたりを歩き回りました。いや、もしかすると、まばたきの合間の一瞬のうちに飛び去ってしまうかもしれない。そうどちらかが言い出してからは、打ち捨てられて裏返しになった小舟に腰掛けて、数十秒ごとに交代で、まばたきせずに海を見張ったりもしました。

もちろんそのころにはもう、春彦くんもわたしも、ふざけ半分でした。鳥が浮き上がってくることはないと、内心でわかっていたとおもいます。それでも、ときおり彼の表情を窺うと、ただ意固地になっていることとはちがう、どこか切実な空気を感じました。

わたしにしても、彼がそれほどまでに気にかけるものを見逃してしまったことに対する、残念な思いがありました。せめて鳥が浮かび上がり、どこかへ飛んでゆく姿をちらりとでも見ることができたら、見過ごしてしまったものを取り返すことができるのではないか。そうおもい、海面を見つめていました。

一時間か、それ以上か、わたしたちは海を眺めつづけました。お昼にアジフライのお店に行こうと話していたほかには、とくに予定はありませんでした。冷えてくると車に戻って、フロントガラス越しに正面の海を眺めました。

わたしたちは手をつないでいました。浜辺を歩いていた時間よりも、停まった車のなかでのその時間をよく覚えています。そうしていると、まったくおなじ景色を、ふたりで一対の瞳になって、おなじ気持ちで眺めているのだと、そう感じていられた。あのような時間を過ごして、それで数ヶ月後にはわたしたちが別れてしまったということが、いまではなにか信じられないことのようにおもいます」

彼女はもうこちらに向けて右耳を差し出してはいなかった。わたしの相槌を必要とせず、ただ宙のある一点に目をやり、そこに流れてくる言葉を逃さず摑まえるのだという真剣な表情で、話をつづけた。

「あの日、鳥が現れるのを待っていたあの時間のことを、わたしはしきりに思い出します。話もしていたはずですが、内容は覚えていません。きっと、ほんの些細なことばかりでした。あのときわたしは、春彦くんになにかを問いかけるべきだったんじゃないか。あるいは、なにか伝えるべきことがあったんじゃないか。いまになってあの時間のことをくりかえしよみがえらせては、そう考えています」

稜子さんと春彦というふたつの瞳が、まばたきすら疎《うと》んじて、まっすぐに海を見つめている。そこに鳥が浮かびあがる瞬間を待っている。自分自身で長い時間をかけて描いた絵のように、その光景が細部まで思い浮かぶ。

ふたりは昼すぎになると、アジフライの有名な店に行き、定食を食べた。山道を進んださきにある見晴らしのいい高台で、夕景を眺めた。そうしてまたレンタカーに乗り、途中で渋滞につかまりながら、この町へと戻ってきた。

「その日帰りの旅からまもなく、あの震災がありました。春彦くんは大学の入学がひと月遅れて宙づりになり、わたしのほうは国試や卒業論文の準備がはじまった。そうして慌ただしくしている二、三ヶ月のうちに、次第に連絡を取らなくなっていました。あの日、あれだけ辛抱強く眺めた海鳥についても、調べることも、話題にすることもないままに。

最後に一度、喫茶店で会いました。もうこれで終わりなのだという雰囲気を、お互いに感じていたとおもいます。わたしは、春彦くんには誰か好きなひとができたのかもしれないとおもっていました。わたし自身への不満や嫌悪というよりも、一緒にいるときの彼は、なにかうわの空でいるような印象でした。

けれど、わたしはわたしで、彼のその態度を見ていても、腰を据えて話しあおうだとか、あるいは自分への注意を引こうというようには、おもえなかった。そうして曖昧に別れて、わたしにとっては部屋にこもるばかりの日々がはじまった。やがて年が変わって、国試を終えたあとのことでした。春彦くんが亡くなったと、わたしは知人からそう伝え聞きました」

わたしは――彼女はさらにそう言いかけて、けれどそれ以上言葉を継ぐことのないまま、長い時間が過ぎた。やがて両手で包んだままでいたカップに視線を移すと、彼女はひとつ息をついて、たっぷりと残っているコーヒーに口をつけた。

「あの日のことを思い出すようになって、海鳥について調べてみたんです」

彼女は鞄からスマートフォンを取り出して、その海鳥を画像検索してわたしに見せてくれた。想像していたよりも、鳥はずいぶん大柄であるようだった。

「空高くから海に飛び込んで、そして水中ですこしのあいだ泳ぎさえして、えさを獲る鳥がいるんです。春彦くんが手で示していたように、体長もかなり大きい。ガネットという名前の鳥です。

その鳥の生態を追った、海外のドキュメンタリーを見ました。ガネットは成体になるとえさを求めて飛び回り、魚影を見つけると、そこをめがけて飛び込んでゆく。なるべく速く、なるべく深く潜るため、翼をたたみ、身を細くかためる。そうして、イワシやなにかの魚を獲って水面へと浮き上がり、羽ばたいて巣へと戻ってゆく。

わたしの調べたところでは、ガネットの死因というのは少なくない割合で、飛び込みによって瞳が損傷し、失明してしまうことにあるそうです。ガネットは糧を得るために飛び込んだ海のなかで光を失い、水面がどちらともわからずに、もがきつづける。おそらくは水を飲み込んで、パニックのままに沈んでいってしまう。もしかするとあの日、春彦くんが目にしたのは、そうしたガネットの一羽だったのではないか。わたしはそう想像しています」

彼女が話を終えたときには、もう夕方になっていた。次第に厚くなった雲によって夕陽はさえぎられ、曖昧に夜が訪れようとしていた。結局、午後のお茶どきになっても客がまばらだった店内は、夕食をまえに、ようやく賑わいを見せていた。

稜子さんは、わたしの両親の様子を尋ねた。元気にやっているようだと、簡潔に答えた。父が歩いているのをときおり見かけると彼女は言った。ずいぶん距離の長いウォーキングをしているのだと話すと、それはとても良い習慣ですよと言って、彼女ははじめてはっきりとした笑みを浮かべた。

「おかあさまが市民ホールで歌っていらっしゃるのも拝見しました」

綾子さんはそうつづけた。たしかに母親は地元の合唱団にはいって、ときおり発表会のようなことをしていた。春彦の友人の母親たちと一緒にはじめたのだと、何年かまえに聞いたことがあった。合唱団には綾子さんの知り合いも所属していて、いちどクリスマスコンサートを見に行ったことがあるそうだった。わたし、まだ行ったことないんです。そう返すと、それはもったいない、とてもすばらしい合唱だったと、綾子さんはまた微笑んだ。

わたしたちは連絡先を交換して、べつの機会にまた話そうと約束を交わした。これから家に帰り、父の夕食を用意するのだと彼女は言った。そして、長く一方的に話してしまったと詫びた。とんでもない、話を聞くことができてよかったとわたしが言っても、彼女は恐縮した様子を崩さなかった。

レジに向かって歩く綾子さんの後ろ姿を見ているとき、わたしのなかで、このひとと春彦の気があい、恋人としてつき合っていたのだということが、腑に落ちたように感じた。すこし猫背の姿勢や、身にぴたりと沿わせる鞄の持ちかた、あるいはただ全身のシルエットから、その隣を春彦が歩いている光景が、自然に思い浮かんだ。そしてその光景はかつてたしかに存在したのだとおもうと、わたしの胸は痛んだ。

来たときとおなじ道をたどって都内に帰り、部屋に着くと軽く夕食をとって、シャワーを浴びる。そして小川さんの医院で購入した最新式の機器を使って、薬液の吸入をする。かつて実家で使っていた重い鉄製のものとはかけ離れた、片手で持てるサイズのその吸入器におどろく。薬液そのものの名前も以前とはちがっている。十五年経てば、治療薬に変化があってもおかしくはなかった。

帰り道、わたしは稜子さんの話をはじめから終わりまで、くりかえし思い返していた。こんなふうに誰かとゆっくり春彦について話したことなんて、ほとんどなかった。辛くはなかった。苦しくもなかった。それどころか、次に会ったとき、自分はどんなことを話せるだろうかと考えを巡らせさえしていた。思い出ならばいくらでもあった。わたしは春彦の幼かったころの記憶を呼び起こそうとする。ずっと昔にした家族旅行での春彦のあどけない姿が、ぼんやりとよみがえってきそうだった。

けれど結局わたしの頭を占めるのは、この十年のあいだ何度となく夢に見てきた春彦の姿だった。夢のなかで会う春彦は、まだ死んでいなかった。どこかへと向かう列車の窓際の席に座っている。その胸はゆるやかにふくらみ、そしてしぼんで、穏やかな呼吸をくりかえしている。顔には苦しみも、悲しみも、どんな表情を浮かべることもない。

眠っているあいだに無意識のうちに作りあげた夢。目が覚めたあとにおぼろげに残っている、その記憶。夢の、そのまた記憶という、小数点以下の数字をふたつかけあわせたような虚像としか言えない春彦の姿を、わたしはこの十年、胸に留めつづけていた。

そして夢の光景をときおり、スケッチブックに描いてみようと試みた。たいていは夢から覚めたばかりの早朝、薄暗い部屋のなかで、夢の記憶をはじめから終わりまでたぐりよせるようにして、手を動かした。顔の輪郭。首から肩にかけての曲線。行儀よく腿に置かれた手。春彦が全身にまとう空気。

しかし、急《せ》くような思いはやがて、唐突に冷めていった。線を一本引くごとに、春彦から遠ざかってゆくと感じた。

自分自身で描いたものから、わたしは目を逸らす。恥ずかしいとすらおもう。スケッチブックを棚に戻し、布団にもどる。もうこんなことはやめようとおもうのだけれど、しばらくするとまた、おなじ夢を見た。わたしは目を覚ますとまた性こりもなく、スケッチブックを探した。

吸入器は小刻みな機械音をたてて、薬液を白い霧にして噴出する。わたしはそれを口にあてる。ぬるく重たい気体が口を満たし、喉を濡らして、そして気道にしたがって流れるのを感じる。湿った狭い暗がりを、白い霧がゆっくりと埋めてゆく。雲を撫でるような曖昧な感触に、わたしはいつしか眠りに落ちそうになっていた。

夢を見る一歩手前のようなイメージが、頭に浮かぶ。吸入器の出す白い霧は勢いを増してゆき、やがてわたしの口から溢れ出す。そうして足もとへと、四方の壁へと、天井へと広がってゆくと、ついに部屋中を白色で埋めてしまう。わたしは右も左も見失って、ただそこに立ち尽くすほかなくなる。

霧は次第にどこかへと、ぼんやりと流れてゆくように見える。流れる白色のほのかな濃淡から、それがわかる。あるときふと、大きな音がするのが聞こえる。大量の紙の束が落ちて散らばるような音。白い霧が流れるさきから聞こえたようにも、はるか上空から聞こえたようにも、それはおもえる。

しばらくしてわたしは、それが水の音であったことに気づく。とても大きななにかが落下して、水面を破る音だった。ガネット。稜子さんが教えてくれた鳥の名前を思い出す。ガネットがその身を固めて、どこかの水面へと勢いよく飛びこんだのだと、わたしはおもう。

しかし、それ以降は、水面が揺れる音も、鳥が羽ばたくような音も、一切聞こえてくることはない。深い沈黙がその暗い手で、わたしの両耳をぴったりとふさぐ。わたしはしかたなくその場に座りこみ、流れてゆく霧をただ眺める。

ふと、自分自身の手も、足も、からだすべてが、白い霧によって見えなくなっていることに気づく。手のひらをどれだけ目に近づけてみても、それは変わらない。もしかすると、わたし自身の目が光を失ってしまったのかもしれないとおもう。けれどふしぎと、焦りも、恐怖も湧いてくることがなく、むしろ内心が静まってゆくのを感じる。

周囲を満たし、そしてわたし自身をも満たす白色の揺らめきに、わたしはあらがわず、ただたゆたっていることを選ぶ。白い霧はだんだん密度を高めてゆく。そのことが、濁った瞳から、失った手肌の感触から、わたしにはわかる。霧はやがて気体として漂うことをやめて、液体として空間を満たすようになる。

一瞬の間のあと、あたりは大理石の内部のように硬直する。身動きすることはおろか、自分と周囲との境界すらわからなくなる。わたしをわたしとして認識するすべはもはや失われてしまい、そうするほかなく、わたしはかたちを失った耳を澄ませる。そのようにして長い時間が過ぎる。

やがて、遠くから列車が近づいてくるような音が聞こえる。列車に乗る春彦の姿が思い浮かぶ。気のせいだろうか。無音の響きのうちに、わたしは自分が聞きたい音を幻聴しているのだろうか。しかし、音は次第にはっきりとしてくる。それは自分自身の呼吸音なのだと、あるとき唐突にわかる。破裂間近の風船が膨らんでゆくような、張り詰めた音が耳もとで響く。もうまもなく破裂する。そうおもいかけたところで、わたしは目を覚ます。

点いたままの天井照明に目が眩む。どうやらわたしは吸入器を手にもったまま、ベッドのうえで壁にもたれ、眠りについていたようだった。吸入器に薬液はもう残っていなかった。霧を出さないただの空気音が、ひとりきりの部屋に響いていた。

吸入器の電源を切って、ベッドサイドに置く。リモコンを使い、電灯を消す。雨上がりの芝生のようなみずみずしさが、口内から胸の奥にかけて広がっているのを、わたしはたしかめる。朝に目が覚めるまで、薬の効力はつづいてくれるかもしれない。あるいはつづくことなく、また呼吸の苦しさによって目を覚ますのかもしれない。

どちらかを知るすべはなく、いまはこの呼吸器のみずみずしい感覚を、信用するほかなかった。わたしは天井を見上げる。いつものように、コンクリートの継ぎ目を端から端までたどってみる。しかし、そう何度もたどるまでもない。眠りがひっそりと訪れて、わたしの手を摑む。霧も、淀みも晴れて色を失ったただの暗がりへと、わたしはゆっくりと帰ってゆく。

5

銀色のレバーを両手で握り、体重をかけて、重い戸をどうにか横に引く。すこし開いた隙間にからだを滑りこませて、列車の連結部に入る。そして、つぎの扉に手をかける。連結部の足場は不安定で、うまく腕に力をこめることができずに苦労する。

春彦がいない。わたしのせいだ。わたしのせいで、春彦は居場所を失ってしまったのだ。そんな焦りとともに車両から車両へと移って、春彦の姿を探す。それにしても、扉は信じられないほど重かった。わずかな隙間を通り抜けるたび、閉じようとする戸がギロチンのように、肩や腕をしたたかに打った。

座席の背に手をかけながら、急ぎ足で車両を過ぎてゆく。右を見ても、左を見ても、どのボックス席にも春彦はいない。このさきが最後の車両だということが、戸についた窓の向こうにぼんやりと見通せる。

つぎに着く駅のホームで、父と母が待っている。そのことを唐突に思い出す。このままではふたりに、春彦がいなくなってしまったのだと、自分の口から説明をしなければならない。いや、やはりどうしても見つけなければ。そう考えて、最後の戸に手をかける。連結部へと抜けて、もうひとつの戸を開く。

春彦はいた。けれど彼は、わたしの望まない姿でそこにいた。

すぐさま視線を逸らす。でもその光景はもう鮮明に、目に焼きついてしまっている。途方もない疲れを全身に覚える。もう一歩たりとも、踏み出すことはできそうにない。ましてや、春彦のもとに駆け寄ることなど。ほとんど倒れこむようにして、そばにあるボックス席に腰を落とす。逃げよう。そうおもい、さきほど入ってきた戸に手をかける。この車両から出なければならない。腕に力をこめる。しかし、戸は決して開くことがない。ただの一ミリも動かないことが、レバーに触れた手の感触でわかる。

こんな場所まで来るのではなかったのだと、わたしは後悔する。一度閉じたなら、もう決して開くことのない戸だったのだ。引き返すことのできない洞窟の奥深くへと、わたしは知らぬうちにたどり着いてしまったのだ。

もう決して目にしたくない姿の春彦を、背中に感じる。縋るような思いで、わたしは動かないレバーを握る。強く。

*

「お父さん、最近はもう、なんだかすごく遠くまで行っているみたいなのよ」

スマートフォンをスピーカー通話にして、母があれこれ話すのを聞きながら、仕事を進める。そのように夜を過ごすことが、週に一度か二度の習慣になっていた。

はまると極端になるのよね、昔から。母が話すのを聞いていて、記憶の遠くにあった父の姿が、さまざま思い浮かぶ。突然、古着のジーンズに凝るようになり遠くの街まで出かけていって、買ったり売ったりしていた時期があった。ピザを生地から作るようになって、半年のあいだ毎晩、夕食にピザを食べていたこともあった。わたしが高校生のころ、父が会社勤めを辞めたのも、ホームページの制作に熱中した末の選択だった。

「帰ってくるのが、九時ちかくなることもあるの。いやね、浮気なんてこともあるのかしら。七十にもなって」

わたしの空返事に構うことなく、母は延々と話す。非正規職員として勤める市役所の仕事について、テレビが報じるニュースについて、あるいは猫について。二匹の猫はふしぎと家の二階まではあがって来ず、一階の縁側や台所をテリトリーにしているそうだった。

「それで、体調はどうなの」

そして最後にはいつもそう尋ねた。

よくなってきているとおもう。わたしのその返答は、まるきり嘘ではなかった。朝晩の吸入の効果は出ていた。発作は薄く引き伸ばされ、寝込むほどではないゆるい苦しさが、昼も夜もつづいた。梅雨に気まぐれに訪れる晴れ間のような、留保のない快調もときにはあった。

けれど、そうした日のあとには必ず、大きな揺り戻しがあった。落とし穴を踏み抜くような重い発作が訪れて、寛解はほど遠いことを、わたしに告げた。そのくりかえしだった。

朝、吸入を終えると、トーストや前夜の残りで簡単に朝食を済ませて、デスクに向かう。液晶タブレットを使ってイラストを描く。ほとんどは着色を必要としないモノクロの線画ばかりを、おそらくほかのひとよりも速いスピードで、つぎつぎと描き進めてゆく。腰をひねる男性。体幹を鍛える女性。そうした人物の姿勢や、手足の細かい動きを、なるべく少ない線ではっきりと示す。

昼には毎日、うどんを食べる。ほうれん草や何種類かのきのこ、またときには鶏の胸肉やベーコンを、うどんに浮かべる。

午後には着色の必要なイラストを仕上げたり、あるいは手が足りないときのヘルプとして請け負っている、ウェブデザインの仕事を進めたりする。それらも、夕方までにはなるべく終える。

夜にはほぼ必ずといっていいほど、出版社の編集者や、企業の広報担当から、イラストの直しの依頼が来る。あるいは、発注漏れしていたカットが追加で指定される。「可能な範囲でお早く」

というリクエストに応えるために、夕食のあとの時間を費やす。

朝と夜に十五分ずつ吸入をする時間が加わったほかは、わたしの生活に変化はなかった。というよりも、努めてそのように保った。実際には、夜の眠りが極端に浅くなり、寝不足と、呼吸の苦しさとがないまぜになって、日中の意識をぼんやりとさせていた。どうしても集中できないときには、車に乗り、短いドライブをした。ベッドで横になってしまえば、夜の眠りがなおさら遠いものになることはわかりきっていた。

わたしは筋力トレーニングや、ストレッチや、ヨガや、ピラティスや、さまざまな種類のマッサージの手順を説明するイラストを専門的に描くことで、生計を立てていた。

いざ自分が描こうという身になって書店で書籍や雑誌を手にとってみると、そうしたイラストは、驚くほど多くのページで見つかった。男性誌にも女性誌にも、シニア誌にもティーン誌にもあった。健康を扱う雑誌にはもちろん、ほど遠いジャンルの専門誌ですら、たいてい一ページか見開き二ページかは、簡単なエクササイズを紹介していた。

二十代の半ばまではウェブデザインの事務所に勤めていた。そこであるとき、「開運体操」なるもののイラストを描いた。誰か、ささっと描いてみてくれないか。上長にそう声をかけられたとき、しかたなく引き受けたのがきっかけだった。

当然のように、ギャランティは発生しなかった。けれど、周囲は想像以上にイラストを褒めてくれた。時間を要さず、苦もなく描けたことに自分で驚いた。それまで授業や趣味で描いてきたどんな絵よりも、こうした種類のイラストが得意であるのだと気づかされた。背景はいらない、表情も必要ない。ときには人物画としてのプロポーションすら重要ではなく、そのトレーニングなりストレッチなりの動きを伝えるためならば、人体をデフォルメしてしまってもかまわなかった。

しばらくのあいだは事務所には黙って、人づてにこっそりとイラストの依頼を受けた。そうしてあるとき思い切って、書店で目についた雑誌の編集部に、片端からポートフォリオを送った。依頼はまたたく間に増えた。短い納期にも応じ、また比較して安価なギャランティが示されていたために依頼がしやすかったのだと、のちに編集者が話していた。

イラストを本業にすると決め、デザインの仕事もフリーランスとして、気まぐれに引き受けることにした。労働時間は増え、収入はそれに比例しなかった。けれど、家にこもってイラストを描く生活は、想像していた以上に自分の性質とあっていた。ひとりで静かに過ごす時間を求めていたのだということに、そうなってはじめて気がついた。

初夏に刊行される書籍や雑誌の依頼が、すでに立て込んできていた。季節の変わり目には依頼が増えた。冬には不調を整えるため、夏はからだを引き締めるため、読者は、あるいは編集者は、「簡単3ステップ」といったエクササイズを必要とするようだった。

イラストを描くだけならば、ぜんそくの影響はさほどないはずだ。そうおもい、引き受ける仕事量は減らさないことにしていた。しかし、いざ机に向かってみると、集中力が切れるよりもさきに呼吸が乱れた。机に寄せた身をたびたび起こして、背筋を伸ばし、息を整えねばならなかった。

イラストを描くあいだに自分がどのように呼吸しているか、これまで考えてみたこともなかった。どうやらわたしは線を描くとき、ゆっくりと息を吐いているようだった。息がつまると一度ペンを止め、さっと吸いこみ、線のつづきをたどる。また息がつまったらペンを止める。息を吸い、ペンを進める。そのくりかえしだった。

ある日、数日分のイラストをプリンターで印刷して床に並べ、高いところから眺めてみた。描く線にぜんそくの影響が出ていないか、たしかめたかった。

それらは一見、健康な時期に描いたものと、変わりないように見えた。あなどるわけではないが、少なくとも編集者が気づくことはないだろう。それでも、ほかの誰でもない自分の目にだけは、中途半端なつぎはぎによってイラストが成っていることが、はっきりとわかった。ひとつなぎに見える破線でできた人物たちが、腕を伸ばし、重りを持ち上げ、筋肉に負荷をかけていた。

細かなタッチが致命的になる種類のイラストではない。わたしは自分にそう言い聞かせて、どうしても気になる箇所だけを直して納品した。編集者から指摘を受けることは、やはりなかった。いつもスピーディにありがとうございます。そんな感謝の言葉すらメールには書かれていた。

どうしても苦しさが和らがないとき、わたしはしかたなく頓服の錠剤を飲んだ。錠剤をひとたび飲むと、呼吸は目が覚めるほどに、すっきりと通るようになった。鼻炎のときに使う点鼻薬とおなじだった。その強烈な効果は、何ひとつ物が置かれていない、寒々しい部屋をおもわせた。まるで呼吸器をまるごと取り去ったような感覚だった。

理不尽なほどの薬効にまちがいなく救われながら、わたしは憤りも覚えた。こんな小さな白い錠剤ひと粒によって、自分の苦しみは、あるいは苦しみに限らないこのからだは左右されてしまう。息が通らないあいだの苦しさと、錠剤のちっぽけさとは、どう考えても釣り合いがとれていなかった。それでももちろん、わたしは頓服薬に救われていた。

「昨日なんて、我孫子のほうまで行ったって。帰りはさすがに、電車に乗ったらしいけど。今日もまだ帰ってきていないし」

母はまた父の長い散歩について話していた。昨日、母が出勤するよりも早く家を出ると、父は四時間以上をかけて、川沿いの道を歩いたそうだった。二〇キロちかく離れた自然公園まで行き、その近くで蕎麦を食べた。夕方まで野鳥を眺めて、電車に乗って帰ってきた。

いつかそのあたりで春彦のサッカーの試合があったことを、わたしは思い出した。小学校のころはすでに都内のサッカークラブに入っていたはずだが、どうしてか我孫子で試合があり、両親と一緒に応援に行った記憶がたしかにあった。

ねえ、我孫子で春彦のサッカーの試合があったよね。わたしは電話先の母にほとんどそう言いかける。しかし、すこしためらうあいだに、母の話はまたべつの話題に移っていた。

父は我孫子で、そのことを思い出しただろうか。あるいは父はそのことを覚えていてわざわざ我孫子まで行ったのだろうか。なんにせよ四時間もかけて歩くなんて、ふつうじゃないとおもった。

父が会社を辞めて事業をはじめたときのことを、そして事業がうまくいかなくなり、あちこちに手を広げだしたときのことを思い出す。父はまたなにかのから回りをはじめているのではないか、そんな考えがよぎった。

ご相談。ふと正面のパソコンの画面が点《とも》り、件名にそのように書かれたメールが届く。良い知らせではない。わたしはそう直感する。電話口の母はさらにいくつかの話題を経由して、春彦の思い出話をしているようだった。

ごめん、ちょっと仕事が立て込んでいるから、また今度ね。話の区切りはついていなかったが、そう母に伝える。無理しないで、大事にしなさいね。今度また小川さんのところに行くときは連絡するのよ。うん、そうすると言って電話を切る。パソコンのメーラーを確認する。

メールには、誌面のレイアウトデータが添付されていた。もとはファッションモデルをしていた女性インストラクターが監修するストレッチ法を特集した女性誌の企画だった。

「識者の先生と認識の齟齬があり、いくつかのストレッチで、動きの左右が逆になっていました。リミットも迫っているため、こちらでイラストの反転処理を行っています。この内容で明日中に校了作業を行いたく、よろしくご確認ください」

メールの本文には、そのように書かれていた。

添付データを開く。それをパソコンに全画面表示させる。画面いっぱいに見開きのページが広がるのをみて、目眩《めまい》のような感覚におそわれた。描いたイラストはたしかに左右反転されて、文字の少ないページ上のあちらこちらを埋めていた。

わたしはまぶたを指で押さえるようにして、すこしのあいだ気持ちを落ち着かせる。画面をつぎのページへとスクロールする。おなじようにイラストが反転している。つぎのページも。また、そのつぎのページも。

パースが正しく描けているイラストならば、左右を反転しても歪まない。いつかなにかの記事でそう読んだことがあった。あるいは、反転して歪んで見えるのは多くの場合、描いた者しか感じない、目の錯覚のようなものなのだとも。けれど、いま覚えるこの違和感は、錯覚で済ませられるものではなかった。

深く考えず、もうこのまま通してしまえばいい。一度データを閉じて、深く息を吐きながら、わたしはそのようにおもう。なにより編集者が、それでいいと言っているのだ。直す時間などないのだし、向こうにしてみればその必要もないのだ。

メーラーに戻って、返信のアイコンをクリックする。承知しました、問題ございませんと実際に打って、わたしは送信ボタンまで押しかける。

けれど、そのまえにもう一度だけとおもい、データを開く。そうして眺めれば眺めるほど、違和感は大きくなっていった。それは文字を反転させた文章のようだった。意味をなさないでたらめの記号が堂々と、雑誌のページを埋めていると感じた。

反転されたイラストは三十点以上あった。わたしは試しにひとつだけ、左右を反転させたポーズを描いてみる。入浴がてら行うそのエクササイズは、3ステップあった。まず、服を着ていない女性のバストアップを描く。髪はタオルでまとめさせる。顔は閉じたまぶたと、微笑した口もとだけにする。

それは胸筋を鍛えるためのエクササイズだった。一つめのステップ。女性は肘を直角に曲げた左腕を、胸の高さまであげる。二つめのステップ。右の手のひらで左腕の肘を押さえる。三つめのステップ。左肘をからだに引き寄せるように、力をこめる。右手にも力を入れて、左肘の力と釣り合わせる。それらの力のこめかたを、矢印を描いて示す。

わたしは新たに描いたイラストと、編集者が左右反転させたイラストとを見比べる。ほとんどおなじ絵だった。しかし、ほんのすこしの部分が、決定的に異なっていた。

時刻はすでに二十三時近かった。すべてのイラストを描き直すと、何時ごろになるかを計算する。朝までには終わる。校了が明日だという編集者も、午前中に納品すれば文句は言わないだろう。

液晶タブレットにペンの当たる硬い音が部屋に響く。小石を地面に打ちつけるようなその音とともに、液晶に広がる白い世界に、黒い点が現れる。わたしは息を吐く。息を吐くうちに、点は伸びてゆき線になる。ペンのさきを的確に、つぎの線、つぎの線へとたどらせる。線と線との連なりによって、白い世界に奥行きが生まれてゆく。

一度描きはじめると、わたしは直しの作業にすっかり没頭している。右手だったものを左手にする。矢印を反対方向に向ける。左右が異なるばかりで、すでに一度イメージが固まっているので、それは塗り絵のような、写経のような作業になる。あちら側にある石を、こちら側に移す。石をひとつずつ積むような作業。その夜、わたしは、石をいくつ積み上げても、崩してしまうことがなかった。消しゴムツールを必要とせず、一切のミスなく、無駄なく線をたどってゆくことができた。

あるときふと、わたしは自分がいったいなにをしているのかが、わからなくなる。呼吸、音、線。それらべつべつのものが、次第におなじひとつの連なりであるようにおもえてくる。やがて、わざわざ手を動かすことも、呼吸すらも必要なく、線がおのずからそこに生じて、ひとのかたちを浮かばせてゆくように感じる。

画面のうえには動きのある腕があり、力の抜けた肩の丸みがあり、適度に負荷のかかる下半身がある。それらは勝手に現れては、わがもの顔で居座る。演奏者なしに鍵盤が沈んで音を奏でる機械仕掛けのピアノのようにして、イラストはどこまでも広がる白い世界に、つぎつぎと浮かびあがってくる。

午前三時には、すべてのイラストを直し終える。もともと描くのがはやい自分にしてみても、想定を大幅にこえたはやさだった。反転イラストを用意しました、こちらに差し替えお願いします。それだけ文面に書いて、編集者に送る。

送信済みの表示が出るのを見届けて、わたしは吸入器を手に取った。上部にあるプラスチックの蓋を開ける。そこに薬液を注《そそ》いで、スイッチを入れる。細く白い霧が噴出しているのを確認して、口に当てる。肺の奥まで霧を吸いこませながら、まだ明けることのない夜の時間を、壁に背を預けじっとして過ごす。

気がつくと、わたしは涙を流していた。涙は鼻のわきを滑り、口の端を撫でてあごへと流れ、寝間着の胸もとに落ちていった。

それは、編集者に対する憤りではなかった。あるいは、徒労ともいえる直しの作業に対するむなしさでもなかった。ついさきほどまではむしろ、感じたことのないような深い充足感が、わたしの胸を満たしていた。それは生きるよろこびとすら呼ぶことのできる感覚だった。

そんなふうにイラストを描けたことは、これまでになかった。ふだん動かしている腕や足はただのたとえのようなもので、自分はさきほど点と線ばかりの世界にいて、はじめて本物の手足でもって立ち歩き、ものに触れることができていたのだと、そんなふうに感じた。

けれどその直後にはもう、わたしの胸のうちを深い悲しみが満たしていた。頰に触れる涙をこそばゆく感じながら、わたしは自分の胸のうちに生じているものがいったい何なのか、考えを巡らせた。やがて、わたしは唐突に、これは春彦の悲しみなのだとおもった。春彦がいないことへの悲しみとも、春彦が苦しんで死んだことへの悲しみとも、あるいは死ぬ手前で春彦が感じていたあらゆる悲しみへの悲しみとも特定できない、ただ春彦の悲しみと呼ぶしかない感情なのだと、そうおもった。

ふだんならば感じることのできない生の実感のすぐそばに、なぜだか春彦の悲しみは待ち伏せていた。その位置関係を論理立てて説明することはできそうになかった。吸入が終わっても、涙は流れつづけた。やがてカーテンの隙間から、明るみかけの空の淡い光が、部屋に流れこんできていた。

昼過ぎになってようやく目を覚ましたとき、この数週間でもっとも厳しい発作が、わたしの呼吸をいびつにしていた。

スマートフォンを手にとる。編集者からのメールの通知が表示されている。修正イラスト、まことにありがとうございます。些少となってしまうかと思いますが、修正料をお支払いできるようにします。編集者のいう些少とは、ほんとうに些少にちがいないと想像する。それでもこんなふうに追加のギャランティが発生するのは、めずらしいことだった。

わたしは、なんとかして重い身を起こす。頓服薬に手を伸ばすのをこらえて、まずは吸入をする。気管支はいま、何かがつかえて数センチしか開かなくなった引き出しのようになっている。ほんのすこししか吸えず、ほんのすこししか吐くことができない。こんな呼吸で薬液の霧はきちんと肺の深くまで届いているのか、不安になる。

手持ち無沙汰になり、わたしはまたスマートフォンを手に取る。苦しくてしょうがないのだが、退屈だとも同時に感じる。画面を眺めるのは疲れるので、ラジオのアプリを開いて、適当な番組を流す。ベッドサイドにスマートフォンを置いて、女性パーソナリティの声に耳をかたむける。

パーソナリティの低い、芯のある声は、稜子さんとよく似ていた。稜子さんに似た声が、ほとんど息を継ぐこともなく、つぎからつぎへとニュースを読み上げていった。感染症の拡大状況を伝えていた。夏に予定されている五輪に向けた、さまざまな種目の選手たちの声を届けた。東日本大震災の追悼式典は今年を最後に、自治体ごとの自由献花という方式になったと説明した。

こうしてよどみなく話せるのはそのまま、豊かな呼吸のあらわれだった。パーソナリティは立ち止まることなく話しつづける。それを聞くわたし自身は、せいぜい短く唸ることぐらいしかできないでいる。

ぜんそくそのものの影響か、それとも吸入による副作用か、声がすこしずつ嗄《かす》れてきていた。ああ、とわたしは意味もなく声を出す。いくら紙に押しつけても線を引けない、インク切れのマジックのように声はなる。

吸入を終えると、息苦しさはわずかながら軽くなっていた。プラスドライバーでねじをひと回ししたほどの変化だった。頓服薬を飲むかどうか、ふたたび迷う。吸って吐くことを何度かくりかえしてみて、もうしばらくこのまま様子をみることにしようと、わたしはおもう。

窓のそとに目をやると、三月の末とはおもえないほどのまばゆい日が、たっぷりと差していた。ゆっくりと立ち上がり、部屋の片側の掃き出し窓を開く。ひんやりとした心地よい空気が流れてくる。そのまま反対側の窓へと向かい、少しだけ開く。そうしてわたしはまた、ベッドに横たわる。部屋のなかをときおり風がゆるく吹き抜けるのが、布団から出ている肌の感覚でわかる。

明け方に眠りにつく直前、自分が涙を流していたことを思い出した。自らの胸のうちのどの場所に悲しみがあり、どんなかたちをしていたのか、わたしははっきりと覚えていた。ちかくの通りで子どもがはしゃぐ高い声が、窓のそとから聞こえてくる。べつの声がそれに応える。わたしはさきほどの悲しみが、恋しかった。けれども、そう望み、あえて引き寄せようとしたところで、悲しみが応じることはないとわたしはよくわかっていた。

ふしぎなことに、春彦とわたしが同時にぜんそくの発作を起こしたことは、ほとんどなかった。だから母が留守にしているあいだには、わたしが春彦のために吸入の準備をしたり、反対に、臥せているわたしのもとに春彦がポカリスエットや頓服薬を持ってきてくれるようなことが、たびたびあった。

「おとなになっても苦しいままだったら、どうする?」

窓のそとから届く子どもたちの声を聞いていて、めずらしく春彦の記憶が、はっきりとよみがえる。いつのころか、まだ幼い春彦がそう尋ねてきたことがあった。

春彦が発作を起こしていた。どこか海沿いのホテルでのことで、部屋は音を立てて動くクーラーによって、過剰なほど冷えていた。小学生だったわたしには、それを止めるためのパネルを見つけることができなかった。

「発作が終わって、息がとおるようになるとさ」

「うん」

「苦しいかんじのこと、もう思い出せなくなるでしょう」

弟は天井のただ一点を見つめたまま、ちいさくあごを動かした。

「だから、大丈夫」

白くまるまるとしたたくさんの枕に埋もれた春彦に、わたしはたしかそんなふうに言った。自分自身でもなにが大丈夫であるのか、納得できてなどいなかった。それでも弟の問いに、ともあれ大丈夫と言わなければならないのだと、必死に言葉を探した感覚をよく覚えていた。

あのとき、わたしはエアコンの操作パネルを見つけるかわりに、バルコニーにつながるガラス戸を開いたことを思い出す。真夏の海街の温い、湿った空気が部屋のなかに流れこんで、クーラーのよそよそしい冷気を散らしてくれた。

「この風は、あの海のずっと向こうから渡ってきたんだよ」

春彦のいるベッドからわずかに覗ける海を指差して、わたしはそう話した。薄灰色にくすんだ天井から、春彦の目を逸らさせたかった。

わたしは絵本を読み聞かせるようにして、いまこの場所に届く風の源流を遡ったさきの景色を、当てずっぽうで話してみせた。スペインの港町、ニューヨークの騒がしい交差点、ぐつぐつとたぎるアイスランドの火山の真上。テレビやなにかで見た世界のあちこちについて、春彦がまぶたを閉じるまでのあいだ話していた時間が、いつかたしかにあったことを思い出す。

いまひとりで暮らす部屋にいて、向かいあう窓のあいだを吹き抜ける風のなか、わたしは当時とおなじことを考えてみる。

風はわたしの部屋に入る目前で、アパートのとなりに植わる銀木犀の葉を揺らしている。かたい葉は一枚ずつが揺れるというよりも、つながる枝が上下するのにしたがって、その身を音のない鈴のように震わせる。

風はそのさらに手前で、住宅街の家々のあいだを駆けるように吹き抜けてゆく。開いた窓があればそこに招き入れられる。しかし、ほとんどは閉ざされたままのガラス窓を、風はそっと押さえるようにして流れてゆく。

あとからの風にせっつかれないかぎりは、風もまたひとところに漂う。ひとびとが駆けたり、戸を開閉するような動きに身の端々をはためかせたとしても、すぐにまたおなじ場所におさまる。描かれるまえの線のように、あるいは、奏でられるまえの音のようにして、風はなにごともなかったかのように、ただあたりに漂っている。

わたしは果てしなく大きな一本の木を思い浮かべる。風は目に見えない大木のようにして、世界中に張り巡らされている。目に見えない幹から伸びる、目に見えない枝。柔らかでいて、ときに激しく振るわれもする風が、この町にも、隣町にも、そしてそのほかのあらゆる場所にも、その細かな枝ぶりを巡らせている。

わたしは、自分のからだの構造が疎ましかった。できるならば、向かいあう掃き出し窓を持つこの部屋とおなじように、差し伸ばされる風の枝さきを受け入れ、反対側に通させるだけの、ただの管になりたかった。それは、もしわたしが一度そうと決めたならば、簡単に叶えられる願いだと感じた。吸入器を口に当てつづけるよりも、頓服薬を飲むよりも、よほど簡単な手段なのだとおもえた。

一度吸い込んで、そして吐き出す。そのあたりまえの動作がいま、途方もなく疎ましいことに感じる。えさを求めるイグアナのように、わたしは口を大きく開かせる。口ばかりでなく、喉が、気管支が、肺が広がることをイメージする。手で触れることのできない気管支を、自分のからだそのものを、わたしは両手で摑み、そして無理やり広げてしまいたかった。腹のあたりに穴を空けて、風が出てゆくさきを作ってやりたかった。

わたしは観念して、頓服薬を飲むことにする。長く根気よく治療してゆくほかないのだという、小川さんの言葉を頭に浮かばせる。毎日欠かさず吸入をつづける。その過程で体調を崩し、頓服薬が必要になるならばしようがないのだ。そう自分に言い聞かせて、わたしはもういちど眠りにつく。

目を覚ますと、窓のそとの景色はすっかり暗く沈んでいた。呼吸が楽になったかわりに、長くベッドに寝ていたことで、からだの節々が重たく感じられた。

しばらくまえにまとめ買いしていたスープ缶を鍋に空け、火にかけて温める。トマトと豆を煮込んだだけのスープは、塩味が薄く感じる。冷凍庫に食パンが、一枚の半分残っている。わたしはそれをトースターで焼き、スープに浸しながら口にする。

食事を終え、スマートフォンを手にとる。今夜の眠りもまた浅いものになるだろうと、わたしはため息をつく。画面を点す。するとそこには、たくさんの通知がずらっと並んでいる。母から立て続けに八度、電話がかかってきていた。

すぐさまかけ返すと、延々とコール音がつづいた。十回、二十回と鳴っても電話はつながらず、わたしは電話を一度切る。母がショートメッセージを送ってきていることに、そのとき気がつく。メッセージにそえて、画像が一枚送られてきていた。大きさがよくわからなかったが、それは小分けのふりかけの袋のような、ティーバッグの紅茶のひと袋のようなものだった。パッケージには、ぱっと見て読みづらい書体の英語が書かれている。母からのメッセージを読む。

お父さんが／戻ってきていない／昨日の朝から／散歩に出たまま／連絡もつかない／もう夜なのに。

吹き出しのかたちをした途切れ途切れのメッセージが、そう画面に浮かんでいた。

6

ある時期、「きいろ」を「きんいろ」だと言い張って聞かなかった幼いころの春彦が、「きんいろの蝶々、きんいろの蝶々」と指を差していた蝶。あの蝶が、列車の窓外のすぐそばで、何千匹と飛び交っている。

蝶は苦手なのだけどその光景はいやじゃなく、わたしは春彦の肩に頭をもたれながら、いつまででも眺めていられた。そのようにして、もう長い時間が過ぎていた。

きんいろのタンポポ。きんいろのキンポウゲ。きんいろのキュウリの花。きんいろの砂。きんいろの玉子焼き。きんいろのキリン。きんいろのピカチュウ。

窓のそとできんいろの蝶たちが、一匹、また一匹と、小さく瞬《またた》いて消えてゆく。街中のショーウインドウに反射した日の光が、ほんの一瞬だけ目を刺すみたいにして。

目を閉じる。隣に座る春彦も、おなじように目を閉じていることがわかる。きんいろのトウモロコシ。そう、トウモロコシだけはあのころのわたしの目にも、黄よりも金に見えていた。

わたしは、春彦が隣にいるこの時間が、いつか終わるものだとわかっている。終わるという、そのことだけをわかっている。それ以外のこと、生きているとか死んでいるとか、現実だとか妄想だとか、願いだとか呪いだとか、美しいとか醜いとか、長いとか短いとか、そうしたほかのことごとは一切、頭のうちにはない。言葉もない。けれど、終わるという感覚は、言葉がなくてもわかる。ずっとまえ、赤ん坊のころからその感覚を知っている。心地よい子守唄が途切れる。しくしくと痛みさえした空腹が、やがて満ちる。身を包んでいた柔らかな温もりが離れてゆく。空がきんいろに輝く。地上にあるすべてがきんいろに輝いて、まもなく暗く沈む。

わたしは目を開く。天井を見上げる。奥行きの摑めない暗がりがそこに広がっている。暗さに目が慣れるまで、なぜだか時間がかかる。天井にはコンクリートの継ぎ目が、縦に横に走っている。ぜいという音が、わたしの胸のうちで鳴る。

*

わたしの知らずにいたことがいくつかあった。

七年まえの一時期、父は脱法ハーブの依存症になっていた。

一日のほとんどを酩酊したような状態で、ソファで過ごしている。ときおり目が覚めたかのように立ち上がると、そのまま長い時間、手洗い場にこもる——そうした様子を不審におもった母は、父を無理やり、近隣の市民医院に連れていった。ハーブの継続的な使用によるものだと、そこでわかった。

ハーブとそれを吸うためのパイプが、家のどこかにあるはずです。医師がそう言うのに従って、母は家中をくまなく探した。ハーブは実際に、いくつかの場所に分けてしまわれていた。どこにも見当たらなかったパイプは、酩酊状態の父が履いていた長い靴下に差して隠されていた。

ちょっと変わったタバコの匂いがするとはおもっていたのよ。様子がおかしいのはてっきり、お酒のせいだとおもっていたんだけど。母は当時のことを思い返して、電話口でそう言った。

発覚してから数日をかけて、父は徐々に正気を取り戻していった。酩酊中の様子を母から聞かされると、自分でもショックを受けていたそうだった。大昔、ステージに立っていたころ、仲間うちで吸ったことのある大麻が懐かしくなってしまった。大阪に住むかつてのバンドメンバーからハーブを送ってもらっていた。父はそのように説明した。

以降、父はハーブをきっぱりと断つことを約束した。母は無用な心配をかけまいとして、わたしには、ことの顚末を隠した。母の目には、父は約束通りハーブとは縁を切ったように見えたそうだった。

ハーブが世間に出回っているという話は、ずいぶん以前に、たしかにニュースで耳にしたことがあった。母によればそれは、東日本の震災の年から三、四年のあいだのことらしかった。流行のただなかで父はハーブを手に入れ、常習していた。母はただひとりで、その事実を抱えてきた。

母が送ってきた画像は、父がふたたび吸ったハーブの空き袋だった。散歩に出たまま夜が更け、朝になってももどらなかった。いくら連絡をしても通じず、まさかとおもい母が家のなかを探したところ、それはあった。見つかったのは、父のギターケースからだった。

「それに、猫までいなくなっていて」

うろたえる母が電話口で言う。家を出たときの父の様子を尋ねても、説明は要領をえなかった。かばんは部屋に置かれたままなので、おそらくは手ぶらでいる。スマートフォンと財布はいつも、ズボンのポケットに携えている。ここしばらく散歩のさいに着ていた薄手のコートのほかに、なぜだかダウンジャケットもなくなっている。

それらのことをようやく聞き出して、すぐにそちらに向かうと母に伝えた。母もまた車を出して、父が勤めていた会社のある隣町を探してみることになった。

警察に連絡すべきものか、ふたりで悩んだ。母によると、以前にハーブを吸っていたさいは、受け答えが曖昧になる程度で、とりたてて乱暴になるわけではないそうだった。とはいえ酩酊したまま歩き回っていては、どんなトラブルに巻き込まれるものかわからなかった。

今夜探して見つからないようであれば、近隣の警察に行くことにしよう。母とふたりでそう決めた。あなた、ぜんそくは大丈夫なの？　そう聞かれて、ゆっくりと呼吸をしてみる。調子はずいぶん良くなっていた。問題ないと答えて、わたしは電話を切った。

アパートのまえに出ると、ぬるい雨が地面を打っていた。車に乗り込むまでに、腕や髪が雨に濡れた。住宅街を抜けて、幹線道路に出る。雨露はエアコンのおかげかすこしずつ乾いて、やがて気にならなくなってゆく。

首都高速は空いていて、二時間とかからず実家の近辺に着くことができそうだった。隅田川沿いに伸びる高架では、ときおり突風に煽られた。ほんの一瞬のあいだ見下ろした河原はひたすらに暗く、草木も、砂利も、川面でさえも見分けがつかなかった。

ワイパーの速度をあげる。一定のリズムを崩すことなく、律儀におなじ範囲の水滴をワイパーは払いつづける。車のスピードをあげると、居残った水滴が震えながら、フロントガラスの上部に向かい昇ってゆく。それはまるで、落水のさまを逆再生させているように見える。

父のことを考える。仕事を失い、息子を失い、そして得体の知れないハーブに手を出した男。なにかの調書に記すようにして父の来歴をおもう。小川さんの医院に行った朝の父のことを思い出す。ついてきたことに驚きはしたものの、ふだんと変わりない父だとおもっていた。

誰かに危害を加えてはいないだろうか。あるいは、怪我を負ってはいないだろうか。不安は無用な想像を呼び、やがて憤りに変わりそうだった。いまはただ運転に集中するようにと、わたしは自分に言い聞かせる。足に力をこめると、車は速度を増した。緩めると速度を落とした。その体感をたしかめながら、わたしは車を走らせた。

荒川を越え、中川も越えるころには、雨はほとんどやんでいた。ときおり思い出したかのように、少ない雨粒がまばらにフロントガラスを叩いた。有料道路を降りてしまうと、もうそこは実家の周辺だった。九十分強の道のりだった。

父をどのように探したものか、わたしは悩んだ。住宅街の路地はあまりに細く膨大で、いくらたどってみてもしようがなかった。

まずは実家と最寄りの駅とのあいだの比較的広い道路を、いくつかのルートで走った。わたしが幼いころから変わらないオレンジ色の夜間照明が、夜道を不気味に見せている。一家で東京へ越すようになるまで何度となく通ってきた、馴染みの道ばかりだった。

ほとんどシャッター街になってしまった商店街を走った。幸い通行量は少なく、店と店とのあいだに伸びる通りを、ゆっくり覗きこみながら進んでゆくことができた。商店街を抜けたさきには、背の高い木々に囲まれた神社があった。夏祭りでは多くの屋台が立ち並び、近隣のひとびとで賑わう神社だった。

わたしは神社の脇の通りに、車を一時停止させる。短い階段を上った境内には、座ることのできるベンチがいくつかあるはずだった。ハザードランプをつけたまま車を降りて、鳥居をくぐって境内に入る。雨はもうすっかり止んでいたが、雲の色や肌で感じる湿度から、間をおかずまた降り出すだろうと感じる。

狭い間隔で並ぶ電灯が、境内をまばゆいほどに照らしている。敷き詰められた砂利石が、雨に濡れてきらめいている。一歩踏むたび、石と石が擦れるいやな音がした。本殿の賽銭箱のあるあたりは、ピンスポットによって舞台のように浮かびあがって見えた。ひとしきり周辺を見てまわっても、ひとの気配は感じられなかった。

左右の茂みに視線をやりながら、わたしは車を停めたほうへと戻ってゆく。春彦のことがあってから、寺社で賽銭を放って祈るようなことはしなくなっていた。父が見つかるように願っておこうか。そんな考えがふとよぎって、けれどわざわざ戻るのもばからしくおもい、そのまま階段を下った。

それから思いつくままに、いくつかの場所をまわった。小学校、中学校、家族でよく訪れた餃子屋、何度か花見をした公園、父の数少ない友人がやっている自転車屋、親族の墓がある墓地。柵がないので近寄ってはならないと幼いころ教えられた、側溝のある道。町内の催事が行われる広場。国道沿いのチェーン店のひとつひとつ。やや離れた場所にある、何度か名称が変わり、そのたびに看板が塗り替えられた、大きなショッピングモール。その裏手の搬入口。

それらをすべてたどってしまうと、もう打つ手がなくなった。あとはほんのわずかな遭遇の可能性にかけて、あてずっぽうに住宅街を巡ることしかできそうになかった。

わたしは母と連絡をとる。あちらももうすでに、心当たりはすべてまわりつくしていた。朝になったら警察に届けようと、母とわたしはあらためてたしかめる。

この時間だともう、ホテルは取れないでしょう。おばあちゃんが使っていた部屋、このあいだ綺麗に掃除して、猫も入らせないようにしておいたから。帰っていらっしゃい。母がそのように言う。そんな用意をしていたのかと、わたしは驚く。わかった、帰りがてらあとすこしだけ見てまわることにする。そう返すと向こうもまた、わたしもあとすこしだけと言って、電話を切った。もしかすると父は、電車に乗り、思いもよらない遠くまで行ってしまったのかもしれなかった。もう何度も送ったメッセージをもういちど、父に送る。いまどこにいるの？　おかあさんと心配してるよ。画面には、わたしの送ったメッセージの吹き出しばかりが、縦にずらりと積み重なっている。

メッセージとおなじように、もう何度試したかわからない電話をかける。スピーカー通話にすると、コール音が車内に響きわたる。わたしは電話をそのままにして、車を走らせた。細かい雨がまた降り出したとおもうと、まもなく止む。どうせいまさら電話に出るわけがない。そうおもいながら、単調なコール音をくりかえすままにさせる。

父と同様に行方をくらませている二匹の猫のことを、わたしはおもった。猫たちが、いま現れてくれたら。そして、父のいる場所まで、導いていってくれたら。長い時間探しまわった疲れからか、そんなことを考える。けれどいまのわたしでは、もしそうなったところで、猫たちの額を指で搔いて、感謝を伝えることすらできなかった。

突然、コール音がやんだ。通話終了を知らせる音はない。スピーカーからはただ沈黙が漏れ出してきている。黒い毛糸玉を無理やり小さく固めたような、かたちをもった、深く暗い沈黙だった。

「お父さん、お父さん？」

わたしはそう呼びかける。車を道の脇に停める。スピーカー通話のまま、電話を耳もとに近づける。ザーという機械音だけが聞こえる。何度も、何度も呼びかけてみるが、反応を聞き取ることはできない。

電話が繋がっている。そのことだけはたしかだった。もっと音をよく聞こうと、わたしはイヤフォンを取り出して、スマートフォンにつなげる。音量を最大にして、なにかの手がかりが聞こえないものかと耳をすませる。

ジー、ジーという虫の音が聞こえる。一匹が鳴くとそれに応えるようにして、あと何匹かが音を重ねる。だがこれだけでは、場所の手がかりにはなりそうにない。生垣とも呼べない草むらなら、このあたりにはいくらでもあった。

わたしは嗄れた声で、父の名前を叫ぶ。声はきっと車外まで響いているけれど、それを聞く者は周囲にいない。応答はない。沈黙はむしろわたしが父を呼んだあとで、その身をいっそうかたく引き締めたように感じる。

なにかひとの呻くような声が、唐突に聞こえた。父の声とはおもえなかった。けれどいまは、それが父であると信じるしかなかった。わたしはさらに何度か呼びかける。微かな呼吸音でさえ、応じる音が聞こえる気配はない。

時間が経つにしたがい、焦れるような思いが、腹立たしさに変わってゆく。おそらくは父のなにかしらの身動きによって、電話は通じた。けれど電波はいま、あちら側にはおそらく、ほんのちいさな雑音しか届けていない。

わたしはふと思いつくことがあって、すでに最大になっている電話の音量ボタンを、さらに何度も押す。そしてあたりを窺う。人影はやはり見当たらない。

すこしためらったのち、わたしはハンドルの中心にそっと右の手のひらをあてる。そこはなぜだか、ほんのりと温かく感じる。反対の手でイヤフォンを耳に押しつける。そうして右手を強く押し込んで、車のクラクションを鳴らした。電話の向こうから聞こえるものに耳をすませた。

それは聞こえた。いま車外でけたたましく鳴る音に混じって、サランラップを幾重も巻きつけたようなくぐもった音が、イヤフォンからわずかに遅れて聞こえてきた。父は、少なくとも父の携帯電話は、このクラクションの音の届く範囲にあるのだ。

すこし場所を移動して、もう一度クラクションを鳴らしてみよう。そうおもい、通りを突き当たりまで走り、車を停める。そのとき、唐突に通話が切れた。予兆のようなものはなかった。ふたたび電話をかけてみても、もうコール音すら鳴ることがない。あちらの電話機の充電が切れてしまったのかもしれなかった。

母に電話をかけ、ことの次第を話した。電話が一度通じたこと。ジーという虫の音。かすかに聞こえた呻き声。こちらの現在地。クラクション。この周辺におそらく、父がいるのだということ。

べつの町を探していた母は、こちらに戻ってくると言った。父が遠い街をさまよっているわけではないのだと、そのことに、わたしも母も勇気を得る。時刻はまもなく日付が変わるころだった。気づけば雨雲は去っていて、満月にちかい月が、曖昧な明かりを地上に投げかけていた。区画整理がなされた都心とはちがい、あたりの住宅街は入り組んでいた。くまなく路地を走ってゆくことは、だから簡単ではなかった。唐突に行き止まりになる細い道がいくらでもあった。Uターンや切り返しに苦労しながら、つぎにたどるべき道を思案した。

ビールケースやゴミ袋の詰まったネットを見かけて、何度かブレーキを踏んだ。父もまたそれらのゴミ袋のようにして、道端でうずくまっているかもしれなかった。カーラジオを切り、窓はすべて開いた。走行音になにか混じるものがないか、耳をすませながら路地を走った。

日付が変わり、ほとんどの家はもう暗く寝静まっていた。ときおり、テレビの音が漏れ聞こえてくる家があった。口論するような険しい声が、唐突に聞こえもした。焦りと不安を抱きながら左右に目を向ける緊迫した時間はやがて、夜の眠気か、疲れかによって、静かな反復へと変わっていった。ふしぎと内心は穏やかだった。白い紙に細い線を一本、一本と引いてゆく。そんなイメージが頭には浮かんでいた。

おなじかたちをした高い建物が立ち並ぶ通りにぶつかった。それらはこのあたりで唯一の公営住宅だった。小学校の同級生も住んでいて、何度か遊びにきたことがあった。建物のあいだにささやかな公園があったはずだとおもって進むと、記憶の通りにそれはあった。砂場と噴水と、いくつかのベンチ。ただそれだけの公園だった。

人影がないか目を凝らしつつ、ゆっくりと通りを抜けてゆく。左右いずれかに折れてべつの道に出られるとおもっていたが、そのさきは行き止まりになっていた。何度か切り返しながらUターンをして、もう一度公園のまえに差し掛かる。

そのとき、それは目に入った。一度目には誰もいないものとおもっていたベンチのうえに、黒いかたまりが横たわっていた。心臓がかたく激しい音を立てはじめた。

脇の歩道に車を寄せる。サイドブレーキをあげ、ギアをパーキングにしてドアを開く。生垣にすねをぶつけながらあいだを抜けて、ベンチへと近寄ってゆく。どうやら人影であるのはわかったが、それが父であるのか、あるいは路上生活者やただの酔っ払いなのか、ずいぶん近づくまで判別がつかなかった。

それは父だった。ロングコートのうえに、黒いダウンジャケットまで着込んでいる。さらにはマフラーまで巻いて、口もとのあたりを覆っている。けれどもその太い眉と大きな鼻は、父以外に見間違えようがなかった。

「お父さん、ねえ、お父さん」

肩をゆすりながら声をかける。返事はなかった。白い有線のイヤフォンが耳から外れて、首に引っかかっている。しかし、線をたどったさきはどこにもつながっておらず、ベンチから垂れさがっていた。今度は肩と腰に手を添えて、全身をゆする。それでも、父は一切反応を見せない。

耳もとで声をかけてもおなじだった。ふと恐ろしさが胸を衝いた。わたしは父の口もとに手の甲を寄せる。吐く息があり、湿度と温度とをそこに感じることができて、わたしはひとまず安堵する。ゆすって体勢が変わったためか、父は細かないびきを立てるようになる。ともかく父はいま、深い眠りについているようだった。

父の持ちものを探ってみる。ダウンジャケットのポケットには、携帯と革財布が入っている。携帯を操作しようとすると、やはり充電が切れてしまっていた。ロングコートのポケットには、小銭とレシートが放り込まれている。ジーンズの前のポケットにはなにもなく、いちおうとおもってたしかめてみた尻ポケットに、それらはあった。ライターが一本と、アルミ製の袋。それは、母が送ってきた画像とはデザインが若干異なっているが、間違いなくハーブのパッケージだった。

ぐしゃぐしゃに丸められた空のものが一袋あり、まだいくらかハーブの詰まったものが一袋あった。以前に発覚した際、パイプは靴下に隠されていたと母が話していたのを思い出す。ジーンズの裾をあげてみると、細長い膨らみが見つかる。父はこのパイプを使って、昨日の朝以降、こうしてあてどなくさまよいながら、ハーブを吸っていたにちがいなかった。

どうすればいいかわからなかった。もし中毒のような状態ならば、すぐにでも救急車を呼ぶべきなのだろう。しかし、父の様子を見ていると、とりたてて苦しんでいるわけではなさそうだった。あちこち触ってたしかめてみたが、目で見てわかる怪我は見当たらなかった。

わたしはひとまず、母に電話をかけた。コール音がいつまでもつづいてつながらず、メッセージをいくつか送った。しばらく画面を眺めても、既読の表示がつくことはなかった。

どうにか車に乗りこませて、病院へ向かおう。そうおもい試してみるけれど、眠っている、しかも自分よりもからだの大きい男性を運ぶことは、容易ではなかった。まずはベンチから足をおろさせた。今度は上半身を起こそうと、脇の下に腕を差し込んで、力を入れた。ベンチの背もたれに起こすまではどうにかできた。

一度そうして抱えてみると、車までの道のりの長さを実感した。母の手を借りたところで、ちゃんと運べるかどうか、わからなかった。

わたしは父の隣に腰かけて、一度息を落ち着けることにした。呼吸するたびに胸がぜいと鳴ることには、しばらくまえから気づいていた。しかし、ほんとうに苦しいときにはこの音すらも消えて、浮き輪から空気が抜けるような、か細い音しかさせなくなるはずだった。

小川さんに教わったとおりに、手のひらを鎖骨に沿わせて、胸もとまでを撫でる。こわばりつつある筋肉を緩めさせる。まだ大丈夫。母さえ来れば、どうにか父を抱えてゆける。そう思い直して、わたしはもう一度、母の携帯に電話をかける。電話は変わらず不通のままで、かわりにわたしは地図アプリを開き、現在地の情報を母に送信する。

コンクリート造りのあずまやが、ベンチの正面に建っていた。そしてその向こうに集合住宅が一棟、二棟と並んでいた。かつての同級生の住んでいた部屋は、どこの棟にあっただろうか。ベンチから見えるすべての棟のすべての部屋が、すでに暗くなっていた。そんなことがあるだろうかと、わたしはおもう。いくら夜中とはいえ、ひと部屋、ふた部屋ぐらいは明かりが点いているものではないだろうか。

もう救急車を呼ぶことにしようか。わたしはやがてそう思い始めた。ハーブのことを問われて、面倒なことになるかも知れない。警察沙汰になる可能性もある。それでもなにより父の安全を考えるべきなのではないか。そうおもい、わたしはスマートフォンを取り出す。電話のアイコンをタップして、1という数字に指をかける。

そのとき、父が唐突に立ち上がった。声は発さなかった。よろめくこともなかった。ただまっすぐに立ち背すじを伸ばし、わたしとおなじあずまやのほうに顔を向けていた。

かける声が咄嗟に出てこなくて、わたしはただ父の顔を見上げる。そうしているうちに、父は歩き出した。思いがけないほどはっきりとした足取りだった。

「お父さん」

わたしがようやく声をかけても、父はかまわず歩みを進める。向かうさきには、ささやかな噴水が待っていた。

噴水の中央にある細い塔は、夜間であるためか、あるいはもうずいぶんそのままであるのか、水を噴き上げてはいなかった。父は噴水の目のまえまでゆき、立ち止まった。そのまま足踏みのような動きをしはじめる。父はどうやら、靴を脱ごうとしているようだった。

なにやってるの。そう言ってわたしがそばに寄るまでのあいだに、父はかがみ、脱いだ靴を揃える。ねぇ、とわたしが呼びとめる間もなく、父はそのままゆっくり、前方へと倒れた。

父のからだは浅い縁をこえて、噴水の水たまりへと飛び込んでゆく。水が弾ける軽い音と、鈍いうめき声が重なって響いた。わけのわからないままに、わたしは父のもとへと駆け寄る。うつぶせで倒れてはいるが、水は浅く、後頭部までも届いていない。それでも鼻と口は沈んでいて、吐く息が泡となって、あたりの水中を白ませている。

わたしは靴のままで噴水に足を踏み入れた。日中の気温は上がってきているとはいえ、三月の水は痛いほど冷たく足首を濡らした。

父の右腕を両手で掴み、半身を起こさせようとする。しかし、身を起こすのを拒むかのように父の左腕が伸びて、水底を支えた。わたしは腕を引くのをやめてかがみこみ、父の右肩を無理やり押し上げる。ようやく顔が水面から出てくる。父は激しくせきこんでいて、鼻や口から水を垂らしている。

どうしたの、やめてよ、おかしいよ。そんなふうに声をかけても、父は返事はおろか、目をあわせることさえしない。鼻からは赤い筋が垂れてきて、口の脇を通ってあごへと流れてゆく。倒れたとき、噴水の底に鼻頭《はながしら》をぶつけたようだ。

夜間照明に浮かびあがった父の目は、大きく見開かれていた。その瞳は遠くとも近くともつかないどこかをじっと見ている。わたしは咄嗟に恐怖を覚えた。これまでに見たどんな父の顔ともちがっていた。ふだんの父の顔を思い出そうとしても、うまくいかなかった。それは平常の顔を忘れさせてしまうほどの強烈な表情だった。

力を込めて肩を押していると、ある瞬間、栓が抜けたみたいにして父のからだが反転した。わたしは勢いのまま噴水の縁をこえて、砂利の地面へと倒れこんだ。危うく顔を打ちそうになり、とっさに伸びた左腕でかばう。肘のあたりに鈍い痛みが走る。それはすぐさま、しびれるような感覚に変わってゆく。

身をよじり、なんとかからだを起こして、噴水にいる父のほうを見る。さきほどとおなじ見開いた目のまま、父は仰向けで、浅い水に身を浸している。

「たまき、おい、たまき」

父がわたしの名前を呼ぶ。その唇はまるで針金を通したようにこわばっていて、呂律がうまく回っていない。うなるような声が漏れ、言葉を継ごうとしているのがわかる。

ぼくはね、死ぬぞ、うみに、沈んで、ぼくは、と父は言った。わるいけどね、わるいけどね、とくりかえしつぶやく。そして、それまで見開いていたまぶたを閉じて、口をかたく一文字にする。あごを強く引いていて、それはなにか、まもなく襲いくる衝撃に備えているように、わたしには見える。

父は幻覚を見ているのだ。そう気がついているのに、わたしの口からはただ、ちがうよ、そこは海じゃないよと、幼い子どものような言葉しか出てこない。ちがうんだって。顔をしかめて震えている父に向けて、そうつぶやく。父は、高く張り出した岸壁から、海へと飛びこんだようなつもりでいるのだろうか。だからこそさきほど父は、律儀に靴を揃えたのだろうか。

わたしは立ち上がる。ふたたび浅い噴水に入って、父の腕を乱暴に引き、座らせる。心配する以上に、わたしは腹立たしかった。こんなのおかしい。まだうまく状況をつかみきれないまま、そうおもった。ハーブを吸い、二日ちかく歩きさまよった父。そうして幻覚の海に飛び込んで、死のうとしている父。まるきりすべてがおかしいと感じた。

「ほら、起きてよ」

呼びかける声が荒くなる。父はさきほど、わたしの名前を呼んでいた。わたしがいまここにいることは、頭のどこかで認識しているにちがいなかった。わたしは父の頬を叩こうとする。しかし、結局はそうできずに腕をおろす。かわりに両手で、父の頭を挟む。そうして目のまえに顔を引き寄せる。

「ねぇ、お父さん、ほら、お父さん」

しっかりしてよとつづけて声をかけると、父は食いしばっていたような表情を、ようやく解く。その瞳には、さきほどともちがう、なにかの薄い靄がかかっている。奥行きのない、わたしの顔を見出しているとはおもえない目だった。

なんで死ぬなんていうの、ねえ。そう呼びかける。そんなの、だめだよ。つづけてわたしがそう言ったとき、父ははじめて返答をする。

「もうだめなんだ。だめだ、ぼくは。見えるんだ」

そう口にして、父は泣きだす。

「見たんだぞ。ぼくだけだったんだ、見たのは」

座っていた父はまた身をよじらせて、今度は仰向けのまま、水のなかへ倒れこむ。そうして背泳ぎをするように、腕をじたばたさせる。水底へと沈もうとしているように見える。けれどもちろん、この噴水にそのような深さはなかった。猫が紐のおもちゃにじゃれるように、父は浅い水に絡まっていた。うつ伏せのままじっとしていれば、あるいは本当に死ぬことはできるかもしれなかった。そうならないようわたしは体重をかけ、身を返そうとする父のことを強く押さえた。

父がなにを言いたいのか、わたしはもうはっきりとわかっている。酔ったような曖昧な口調の、その断片的な言葉からでもよくわかる。父は、春彦のことを言っている。春彦が死のうとした日のことを話している。壁からエアコンにつながるホースに紐をかけ、その紐に首をかけた春彦の姿を見たのだと、その状態の春彦を見たのは自分だけなのだと、父はそうくりかえしている。

そのとおりだった。わたしはそのころ、すでに実家を出ていた。母は仕事中だった。仕事を失った父だけが、その日、家のなかにいた。わたしはひとが首をつる姿を、映画やテレビや漫画のなかで、飽きるほど、やすやすと、気軽にとさえ言えるほどくりかえし描かれてきた、その平板なイメージとしてしか知らない。しかし、父は実際に見ている。父はそのことを言っている。

「重かった、ひもを、ひもから、おろそうとするのに、重いんだよ」

父はその顔を、両腕で隠しながら話す。それは正面からやってくるなにかから、身を守ろうとしているように見える。

「どーんってな、倒れて。ぼくと、春彦とな、いっしょに」

それを聞きながら、わたしは自らの気管支がかたくなり、ほとんど息を通さなくなっていることに気づく。

「人工の、呼吸の、あれなんてな、やったことがないから。ぼくには、やったことがないから」

父はまた涙に声を震わせている。わたしの呼吸はいま、あ、と短く声をこぼすときに出るほどの空気しか、行き来させていない。一度吸い、二度吸い、三度吸う。そして、一度吐き、二度吐き、三度吐く。そんな狂った呼吸をつづける。

父の呂律は、いくらかまともに戻ってきている。ハーブの効果が薄まってきているのかもしれない。だんだんと意識が戻ってきているのかもしれない。しかし、幻想から遠ざかりつつあるからこそ、現実の頭に残る実際の記憶が、なおさらありありと迫ってくるのだというように、父の声はますます震え、嗄れ、弱々しいものになっている。

その日の春彦のことを、わたしは父の口からはじめて耳にする。おそらくは母も聞かされることのなかった数時間の詳細を、父は描写している。

もういいのだ。わたしは父に、そう声をかけたいとおもう。自らの息子のそのような光景を、くりかえしよみがえらせなくていい。延々と自らを責めることをしなくていい。そう伝えたかったが、いまわたしは、すこしの言葉を発することさえできない。すぐにでも立ち上がるべきだった。そして車に向かい、ハンドバッグに入っている頓服薬を飲まなければならなかった。

わたしの押さえる力が弱まると、父はいっそう強く身をよじらせて、右に、左に身を返そうとする。その姿は、寄せては返す浜辺の波に翻弄される流木のようだった。波音のうちでからころと音を立てて転がり、寄る辺なく、やる瀬ないままでいる流木が父だった。

わたしは父のことを、ベンチで眠っていたときの幻想の世界に戻してやりたいとおもった。あるいは、こんな噴水の濁った水ではなく、本物の海の暗く深い世界に沈ませてやりたいと。

しかし、いまではわたしのほうが、父よりもその海底にちかい場所にいた。父の着ている服に、猫の毛がついていたのかもしれない。わたしの気管支はいま、かつてないほどに狭まっている。気管支が閉じれば、肺に届く酸素はなくなる。やがて数分と経たず、意識を失ってしまうはずだった。

わたしは狭まった気管支に、無理やりに空気を通させる。それは、激しい苦痛を伴う。胸を大きく開き、背骨を折るような勢いで吸う。それでようやく、ほんのすこしの空気が通る。肩甲骨のあたりの筋肉が、高熱を発するように痛む。まるで肋骨のあいだに何本もの太い針が埋まっていて、その針が動くたび、内部の肉を刺しているように感じる。

「はるひこ、わるかった、はるひこ」

すぐそばにいる春彦に呼びかけるように、父が言う。けれど父の瞳はなにを捉えてもいないように、わたしの目には映る。

立ち上がることも、車のほうへ向かうのも、いっそ諦めてしまおう。そして、いまうつ伏せにちかい体勢になっている父の背に、倒れこんでしまおう。そんな考えが、わたしの頭によぎる。無理に息を吸いこむことも、もうやめてしまえばいい。

その思いつきは甘いささやきとして、わたしの頭のうちに響く。春彦はその首とあごとのあいだに紐を通して、そしてその紐が気道をふさいで、死んでいった。いまならば、わたしもちかい状態で呼吸を止めることができそうだった。

わたしはいま、自らの目で見ることのなかった春彦の死を、からだの内側で再現しようとしているのだ。そのような実感が湧いてくる。

いまこの夜の公園で風が吹いているものか、あるいは吹きやんでいるものか、乏しくなった肌の感覚ではわからない。けれども、あとほんのすこしの加減で、この世界に目に見えず通っている、細くも太くもあり、小さくも大きくもある、冷たく、温かで、ときに汚れ、ときに清い空気は、わたしの口もとで絶えることになる。吹きだまりのひとつであるところのわたしは閉じて、風はやがて、わたし以外の誰かのもとへと吹かれ、流れてゆく。

わたしのからだという重みを背にすれば、父もまたこの浅い水に沈むことができる。心に決めるというほど大げさなものでなく、実際にそうすることができそうだった。

わたしは息をすることをやめた。胸の奥の暗い場所で、粘膜がぴたりと触れあう感覚があるのを、指さきでたしかめるようにはっきりと感じた。

一度閉じてしまうと、それはもう容易には開かなくなった。嘔吐しそうな動きがくりかえし、腹のあたりに生じる。どく、どくという音が聞こえる。心臓の立てる波が、首すじを過ぎ、両の耳もとへと届いている。わたしのからだはついに傾き、父のもとへと倒れていった。しぼんだり、膨らんだりを延々とくりかえしてきた、父とわたしのふたつの宇宙は、ようやく伸縮を終えられるのだ。そんな考えが、わたしの頭をよぎった。

そのとき、肩や背中を包む感覚が唐突に訪れて、わたしのからだをとどめた。すぐあとにまたべつの力が加わり、倒れかけたからだが無理やりに引き起こされた。肩の皮膚が裂かれるような痛みがあった。そうしてわたしはいま、誰かの腕にしっかりと抱きかかえられていた。

わたしは噴水のそとへと引き出される。水に浸かっていた下半身が、ひどく重たく感じる。いったい誰が来たのだろう。目を向けてたしかめることもできないまま、わたしはぼんやりとおもう。ひとりは男のひとで、もうひとりは女のひとであるようだと、おぼろなシルエットから伝わってくる。

ひとりがわたしの着るセーターの腕を、無理やりにまくる。鈍い痛みが腕に走り、すぐあとで、そこに針が刺されたのがわかる。そのときようやく、そばにいるのは小川さんと、稜子さんであることに気づく。

なぜ？　そんなわたしの疑問を払うみたいにして、小川さんはきっぱりとした声で、がんばってね、勢いよく吸い込んでと言う。昔から変わりない静かな瞳が、わたしのことをまっすぐに見ている。いち、にの、さん。その掛け声にしたがって、いまいちど、からだに力をこめる。胸のうちで棘をもつなにかが暴れるような痛みに耐え、どうにか息を通らせようとする。

掛け声にあわせてなんとか息を吸うことをくりかえしていると、稜子さんがスプレー式の吸入器をわたしの口もとにあてていることが、目で見るのでなく、その噴出音でわかる。いいよ、つづけて。いち、にの、さん。そう、もう一度。いち、にの、さん。小川さんの合図にしたがって、いびつな呼吸を何度でもくりかえす。

とても長い時間、それをつづけていたと感じる。あるときようやく、わたしは父のことを思い出す。父はあのまま、鼻と口を水に浸しているのではないか。そうおもい足もとのほうを見ようとすると、お父さまはだいじょうぶ、お母さまがついていますと、稜子さんがわたしに言う。

母もきているのか。そう言われると、自分の目で見て確認しなくとも、そこに母の存在を感じられる気がする。母が父についている。そのことがわかると、もう大丈夫だという思いが、わたしの胸のうちに湧いてくる。

もちろん、父はまださきほどとおなじ瞳で、死にたいと願っているはずだった。わたし自身もこのまま、気管支が塞がり死んでしまうかもしれなかった。それでも、父には母が、わたしには小川さんと稜子さんが、ついていてくれている。いくつかの図形が隣り合って並ぶような、そんな単純なイメージが頭に浮かんで、わたしを安堵させる。

酸素が足りないためか、わたしの意識はまるで幼いころへと戻っているみたいだった。吸入器の使いかたも、薬の種類もよくわからず、大人たちに差し出されるままに水を飲み、寝て、起きて、おそるおそる呼吸をくりかえしていた子どものころのように。春彦とわたしが、おなじ苦しみを互いに、手に取るようにわかりあえていたころのように。

わたしの胸の奥でひたひたと身を膨れさせていた粘膜のかたまりは、次第に空洞を抱える管へと、戻りつつあるようだった。息をするたびに粘液が、上へ下へと震えて、ぜいと鳴る。その醜い音はむしろ、空気が通っていることを証す音だった。

口から流れこんだ息が、熱を帯びた、ただれた管を冷ましてゆく。まぶたを開いてもぼんやりとしたままだった視界が次第に晴れる。わたしは細くいびつな呼吸を、ひとつ、またひとつとくりかえしてゆく。

7

その夢はいつもなぜだかどこからかどこかへと向かう、古めかしい列車のなかだった。なにせ夢の記憶なのでさだかではないのだけれど、ほとんどの場合、窓からは昼日が差していて、夜だったことはなかったとおもう。

春彦は決まって窓際の席に座っている。わたしは気がつくとその車両の端に立っているか、あるいは隣の車両から移ってくるところから、夢ははじまる。

春彦の姿を見つけて、わたしはしばしのあいだ固まってしまう。驚きにはじまり、ほんとうに春彦なのだろうかという疑念が湧いて、やがて疑念が喜びに、そして安堵へと変わってゆく。赤、黄、青の信号の並びが常にその通りであるように、感情はいつも変わりなく、その順序で移ろう。

わたしは春彦のもとへと駆け寄る。よかった。よかった。そうくりかえしながら、はじめはおそるおそる春彦の腕をさすり、背中を撫でて、やがて腕をまわして、はっきりと抱く。春彦は死んでいなかったのだ。胸のうちで、わたしはそうよろこびを噛みしめる。

どこか痛むところがないか、苦しいことはないかと、春彦に尋ねる。春彦はたいてい、ただ力の抜けたほほえみを浮かべている。しかし、その表情の陰には、彼自身でも先ゆきがわからないという不安が、見え隠れしているようにも感じる。

わたしは春彦を励ます。だいじょうぶ。これからきっとだいじょうぶになると、そんなふうに声をかけている途中で、そうだ、わたしたちがこれから向かうさきに行き着けば、すべてがだいじょうぶになるのだったと、そんな展望があったことを思い出す。

夢のなかでは、わたしが考えることにしたがって、夢そのものが変化してゆく。そのことに気づくこともあれば、気づかないこともある。

死んだものとおもっていた春彦は、まだこうして存在している。けれどからだそのものは損なわれていて、いま春彦は、なにかの均衡がたまたま保たれているために、目のまえに存在できている。

わたしはたいていそんなふうにして、夢のなかの状況を都合よく解釈してゆく。いなくなったはずの春彦が隣にいることに、どうにか理屈をつけようとする。

春彦をしっかり目的地まで連れてゆかなければならない。そうおもい、わたしは薄手の寝間着のような格好でいる春彦の肩に、自分の着ていたカーディガンをかける。あるいは、ペットボトルの水をそっと飲ませる。カーディガンも、ペットボトルも、わたしの思いつくままにそこに現れる。

春彦の冷たい手足をさする。その奥に温度が残っていることを、わたしは期待する。

ふと、自分の手のなかにあるものに気づく。小さな茶色いガラスのボトル。それは十年まえ、病院に運びこまれた春彦のむくんだ手足に、わたしが塗ってやったオイルだった。夜のあいだ肌が乾燥していたら、わたしたちのほうでも塗らせていただきますね。親切な看護師がそう言ってくれた。実際には、春彦はふた晩めを迎えることなく息を引き取った。それでもそのときの看護師の親切を、わたしは変わらず覚えていた。

夢のなかのわたしは、そうした記憶を、事実を、なかったことにしようとする。春彦は、病院に運びこまれてなんかいない。いまだってオイルなど必要ない。これはもう、いらないもの。

わたしがそうおもうと、ボトルはかたちを失う。そうして今度は、半分に折られたメモ用紙が現れる。名刺の大きさにも満たない、ほんとうに小さなメモ用紙。そこに書かれていることが、わたしには開かずともわかる。春彦が、最後にただひと言だけ残したメモ。文字の大小がばらばらの不揃いの言葉。

これもまた必要のないものだと、わたしはおもう。するとメモは手のうちで白い砂となって、さらさらとこぼれ落ちてゆく。

頬に受ける風によって、列車の窓が開いていることに気づく。田園風景とも、家々の連なりとも判別しがたい、刷毛で掃いたような滲んだ景色が、列車のそとを流れている。

春彦のいまの状態には、この風はあまりよくないのではないか。わたしはそんなふうにおもい、立ち上がり、引き上げ式の窓のレバーを掴んで、ゆっくりと下ろす。がちゃんという音とともに窓が閉まる。夢はいつもそんなタイミングで、ふいに覚める。

わたしは天井を見上げている。そうして、自分ひとりの部屋でベッドに横たわっていることに気づく。目もとに手を伸ばす。そこに涙はないのだが、夢のなかで声をたてて泣いていた感覚が、まぶたや喉のあたりに残っている。

しばらくのあいだ、ついさっき見ていた夢について考える。春彦とわたしが向かっていたさきへと思いを馳せる。つづきを見たいとおもい、ふたたび目を閉じてみたところで、それが叶ったことは、一度としてなかった。

十年のあいだくりかえし見つづけてきたその夢について、わたしは父に話した。

父が町をさまよった夜からひと月が経ったころ、国道沿いのダイナーで昼食をとっているときのことだった。わたしは五目チャーハンを、父はナポリタンを食べた。わたしが話すあいだ、父は黙って耳を傾けていた。父はときおり指さきで鼻すじを撫でた。鼻はまだ若干腫れていて、痛みも残っているはずだった。

あの夜、わたしのメッセージに気がついた母は、まず小川さんに連絡をした。小川さんは、脱法ハーブの一件について母が相談をしていた唯一の相手だった。途中で小川さん親子を車で拾い、母は公園に向かった。そこで噴水に横たわる父と、いままさに倒れようとするわたしを見つけた。もし母が小川さんを連れてくることなく、注射を打ってもらえなければ、わたしの容体は危うかったはずだった。

父とわたしは小川さんの医院に運びこまれ、それぞれ異なる点滴を打ち、夜を明かした。父は翌日になっても、そのつぎの日になっても、目を覚ましはするのだが、受け答えが曖昧なままだった。自分がいったいどこにいるものかわからないという様子で、認知症のような状態になってしまったのではないかと、母とわたしはずいぶん心配した。

一週間ほどすると、父は少しずつ、自らの身に起きたことを認識していった。誘惑に駆られ、大阪の知人に再び連絡を取ってしまったこと。ほんのすこしとおもっていたのが、だんだんと頻度が増していったこと。あの日は、家で吸い、散歩したさきでも吸って、ふらつきながらどうにか近所まで帰ってきたのだという、おぼろな記憶。それらのことを父はわたしたちをまえに、ゆっくりと言葉にしていった。

七年まえにハーブのことがはじめて発覚したとき、母の話では、父は身を持ち崩したことを深く恥じ入り、生活を変えようと自らを奮い立たせていたそうだった。しかし、今回は様子がちがった。迷惑をかけたことを詫び、ハーブを断つと約束はした。けれど父にはもう、新たに日々を立て直そうという前向きな意志は感じられなかった。

父はなおさら老けて見えた。肌は白く、透明の液体が血管を巡っているのではないかとおもうほどだった。その姿は、わたしが夢に見る春彦にも、どこか似ていた。

わたしは夜中に運びこまれてからもうふた晩、小川さんの医院に泊まった。二日目の朝には帰ろうとしたのだが、大事をとってもうひと晩様子を見たいと、小川さんが言った。稜子さんがわたしを看ていてくれた。数時間ごとに点滴を替え、食事を用意してくれた。

もともと入院患者を受け入れる規模の医院ではないので、わたしは二階にある小川さんたちの住まいの一室に寝泊まりした。小川さん親子の住まいは、おどろくほど物が少なかった。本棚やカップボードなどの家具はあるのだが、極端に隙間が目立った。店じまいを間近にした雑貨屋のようだった。

最後の日の昼に、もういちど小川さんの診察を受けた。あの晩の発作の原因は、父の失踪によるストレスでも、あるいは父の衣服を介した猫アレルギーでも、単に寝不足のせいでもあっただろうと、小川さんは話した。

大人のぜんそくは、ほんとうに危ないんでね。小川さんはそう釘を刺した。できれば、ご実家の猫ちゃんたちにも、引っ越してもらえたらいいんだけどね。

二匹の猫のうち一匹は、騒動の翌日にふらりと帰ってきた。もう一匹のゆくえはわからなかったが、戻った猫とおなじように気まぐれに帰ってくるだろうと、母は楽観している様子だった。きっと、お父さんの散歩についていったのよ。せっかく野良なんだから、好きに暮らさないと損よね。

わたしとしては、猫たちには変わらず、実家の倉庫に住んでいてもらいたかった。愛でられるのを厭わず、適度な保護を必要とする猫のような存在が、ふたりには必要だとおもった。それは、わたしひとりではもはや担いようのないことだった。

小川さんはまた指圧のような施術をしてくれた。その施術によって、肩や背中の重たい痛みは、はっきりと和らいだ。治療費にふくまれていないのが申し訳ないと伝えると、内科医は、ほんとうはこんなことしないんですねと言って笑った。小川さんは笑うと、優しい和尚さんのように見えた。よく似た俳優を古い映画で見たことがあるような気がした。

小川さんの勧めで、父はすこし離れた市民病院にある心療内科に通うことになった。処方される薬は、お守りぐらいのものとおもってください。けれどね、お守りはそれだけで、おもっている以上に支えになってくれるものです。心療内科と聞いて構えていた父は、はぁ、そんなものですかとつぶやいて、おとなしく紹介状を受けとった。

「お母さまとは、八年ほどまえからですかね。三ヶ月にいっぺん、ここにいらしてもらって、お話ししているんですよ」

医院を出るまえに、小川さんがそう教えてくれた。本来、自分の口から教えていいことではないかもしれない。けれど、お父さまがこのようなことになったいま、お母さまがこれまでどのように悩まれてきたのか、そのすこしだけでも、あなたに伝えておきたい。そう小川さんは言った。

「その日、自分がいつもどおり働きに出てしまっていたことをね、深く悔やんでいらっしゃいました」

その日とはつまり、春彦が死を選んだ日のことだった。家を出る直前、母は廊下で、手洗いに向かう春彦とすれちがった。

行ってくるわね、ほら、あなたもシャキッとしなさいね。そう声をかけたことを、母は深く悔いた。それはなにげない言葉で、だからこそ、死を選ぶほどに思いつめていた息子の内心を傷つけたのではないかと、母は小川さんに話したそうだった。

母の後悔は時系列をさかのぼるように移ろっていった。春彦の変化を、自分はいったいどの時点から見逃してしまっていたのか。選んだ大学がまちがっていたのではないか。高校は、中学はどうだったか。家族で引越しをしたとき、父の仕事が変わったとき、自分たちは春彦に対していったいどんな配慮ができていただろうか。

薄まるとも深まるとも表現できない、悔いと悲しみの変遷が母のうちにあった。小川さんは変化を促すでも、あるいは引き止めるでもなく、そのときどきにつき合っていてくれた。

「春彦くんのお友だちとひさびさに会うんだというときにも、お母さまはとても動揺していました」

その事実にもわたしは驚く。仲間うちで結婚する子がいるからといって、春彦の友人たちが訪ねてきてくれたのは、ほんの数年まえのことだった。

春彦のことを変わらず大切におもってくれていて、そしてこんな年寄りにわざわざ会いにきてくれる春彦の優しい友人たちを、自分はもしかすると、うらめしくおもってしまうかもしれない。母は小川さんのまえで、そう言って泣いたそうだった。

そんなことをおもいながら、母が春彦の友人たちを迎え、料理をふるまったとは、わたしは想像していなかった。小川さんによれば、母はほとんど怯えていたという。わたしはそれをすこしも感じ取っていなかった。

母も、父も、わたしも、ともに春彦を失い、けれど十年ものあいだ、ばらばらに苦しんできた。互いを責めることもしないかわりに、慰めあうこともできなかった。春彦を見つけた瞬間の記憶に追われてきた父をおもった。春彦のたどった日々を遡りながら、自らを責めた母をおもった。わたしはただ夢ばかり見ていた。ときおり訪れる夢の手触りを、誰とわかちあうこともなくひとりなぞりつづけた。

「お母さまが、おねえさんのまえで気丈に振舞っていたのは、単に無理をしていたわけではないとおもうんですね」

小川さんはわたしの目をまっすぐに見てそう言った。

「十年というのは、長い時間です。その長い時間を過ごすためには、家族のまえで平静を装っていた時間もまた、お母さまにとって、必要なものだったとおもうんです」

そこまでいうと小川さんは、今度はデスクに向かうようにして回転椅子を動かした。

稜子のこと、お話の相手になってもらって、ありがとうね。小川さんはペンを持つ自らの手もとに視線を落として言った。お恥ずかしいけれど、わたしはわたしで、あの子から聞いてやれることも、言ってやれることも、ほとんどないんですね。

「なぁ、苦しかっただろう」

わたしのくりかえし見る夢の話に耳を傾けたあと、しばらく黙りこんでいた父が、そう口を開いた。父はもちろん、あの夜の公園でのことを言っていた。

ダイナーは昼どきを過ぎてもなお、ほとんど満席のままだった。崩れそうで崩れない、背の高いパフェが隣の席に運ばれてくる。季節のフルーツを使った凝ったパフェを求めて、この店にやってくる客も多いらしかった。

あのとき、もちろん苦しかった。けれど、わたしの記憶に鮮明に残るのはむしろ、息をすることを諦めたときの感覚だった。

息を吸うのでも、吐くのでもなく、息が止まったその瞬間に感じたのは、経験したことのない安らかさだった。もう、重く固まった肩や背の筋肉を絞るようにして、息を吸わなくてもいい。胸のうちで閉じかけている気管支に無理やり、空気を通さなくてもいい。それはわたしにとって、願うべくもない救いとおもえた。住みなれたはずの家に知らない扉を見つけたような、大きな驚きだった。

あのとき自分のからだが、宙を漂うほどに軽いピンポン球になったと感じた。父の背に向かい倒れる間際のほんの一秒足らず、目に見えるものはなく、耳に届く音もなく、ただそんな感覚だけがわたしのからだを占めていた。

そうしてその浮遊感の直後には、頭からつま先までを貫く激しい痛みが、わたしを襲った。経験したことのない苛烈な苦痛だった。頭痛と嘔吐感とが、どちらがさきにわたしを苦しめるか、さきを争って取っ組みあっているようだった。

春彦はあのときのわたしの、もうすこしさきまで行ってしまったのだ。

小川さんの家に泊まっていたふた晩のあいだ、あの夜の感覚を思い出して、わたしはそう考えていた。倒れかけたわたしを抱きとめ、そして注射を打ってくれた小川さんの手が、春彦のときにはなかった。父は間に合わなかった。どうにか春彦をおろして、父が必死でおこなった蘇生は、あとすこしのところで実を結ばなかった。

あのさ。苦しかっただろうという父の問いかけには答えず、わたしはそう呼びかける。

「春彦のとまりかけた心臓を、お父さんは押して、何度もくりかえし押して、そして、すっかり呼吸がとまっていた肺に息を吹きこんでくれたでしょう」

あの晩から考えつづけてきたことを、わたしはどうにか言葉にしようとしていた。目を閉じて、深く息を吐いた。そして吸いこんで、言葉を継いだ。

「お父さんがそうして息を吹きこんでくれたから、わたしはまだ温かな血が全身に巡っている春彦に、たったひと晩でもつき添っていることができたんだよ」

わたしはこの十年のあいだ、夢のなかで、生きているとも死んでいるともつかない春彦のそばにいて、そのからだを名残惜しく抱いていた。それは夢分析にかけるまでもなく、死の際にあり、けれどまだ心臓を動かしていた春彦のからだを撫でていた、あの時間がもたらしたものだった。

わたしは夢を、目覚めたあと胸に深い痛みをもたらすその夢を、それでもずっと見ていられることを願ってきた。眠るたびにその夢を見ることができたらと、何度もおもった。

そして、夢がかたちを変えることを恐れた。膨らんではしぼむことをくりかえし、縮れ汚れてしまった、古びたゴム風船。あの夢は、そのようなものかもしれなかった。おなじ風船に息を吹きこむことを、自分は十年つづけてきた。ようやくそう気がついた。

けれども生きてゆくかぎりは、いつしか夢はかたちを変え、あるいは予告もなく消え去ってしまうだろう。その予兆のようなものを、わたしはすでに感じるようになっていた。

わたしはつい数日まえに描いた一枚のスケッチを取り出して、父に手渡す。

それは夢のなかの春彦の姿を描いたものだった。前髪が風に吹かれている。すこし眠たげに視線を落としている。窓のそとには蝶を描いた。着彩はしていないが、その蝶はきんいろをしている。群れをなして悠々と風を受けている。

死の際にいる春彦の記憶を抱えつづけ、ハーブにまで手を染め、水に沈むしかなかった父。けれど、わたしが十年のあいだ春彦の夢を見ていることができたのは、その父のおかげだった。

父はしばらくのあいだ、スケッチをただじっと眺めていた。その絵を描くのには長い時間がかかった。この十年、幾度も描きかけては放り出すほかなかった絵だった。夢のなかの春彦の穏やかな息づかいを表したかった。ただそのことだけを気にかけて絵を描いた。

ずいぶん置かれたままになっていた五目チャーハンとナポリタンの空皿を、いまさらになって店員が下げてゆく。コーヒーのおかわりを尋ねられて、わたしと父は断る。

入り口のほうを見ると、数組の客が待っているのが見える。そろそろ席を立つべきときだった。

「猫背なところがよく描けてる」

スケッチを見て、父はそう呟いた。

住宅地をしばらく進んだ突き当たりに、小さな鳥居の建つ神社があった。道を間違えたかとおもいながら鳥居のまえまで進むと、右に抜けてゆく道があることがわかる。

右折したさきの景色をまえにして、わたしはすこしのあいだ、ブレーキペダルに足を置いた。

長い下り坂は、そのまま浜辺へとつながっていた。緑色がかった太平洋が、眼下の一面に広がっていた。五月のよく晴れた昼過ぎだった。

ブレーキを少しずつ緩めながら、ゆっくりと坂を下る。十年まえ、春彦が稜子さんと一緒にたどった道にちがいなかった。この坂道の途中で、春彦は海に飛び込む鳥の姿を見た。鳥がふたたび浮き上がってくるのを、ふたりは長い時間をかけて見張った。

稜子さんが教えてくれたとおり、浜辺の目前にコンクリート敷きの駐車場があった。剝がれて消えかけた白線のあいだに、きっちりと駐車する。フロントガラス越しに見える海は、日差しが手伝ってか、坂のうえから眺めたよりも青々としてきらめいて見える。

あたりを見回すと、中学生に見える男女がひと組だけいて、ビーチボールを使って遊んでいた。男の子はぶかぶかの黒い半ズボンに、白いTシャツという格好をしている。女の子は制服のスカートのうえに紺色のTシャツを着ている。平日の午前中だが、学校はどうしたのだろうかとぼんやりおもう。連休はすでに終わっているはずだった。

暗い車内にいて、明るい海辺の景色に向かっていると、洞窟のなかからそとを眺めているような気がしてくる。ガラス越しにときおり、ふたりの無邪気な声がくぐもって聞こえる。

小川さんの医院に泊まった最後の晩、稜子さんとわたしは、それぞれの家族のことを互いに話した。わたしたちはいままでは、看護師と患者でもあった。ひとりはベッドに横になり、天井を向いていていた。ひとりはその隣の椅子に座って、壁を見つめていた。顔が見えないことでかえって心やすく話せることもあった。

綾子さんの母親は、彼女が中学生だったころに家を出て、いまでは郷里の北海道で新たな家庭を持っているそうだった。

出てゆこうとする母親を引き止めなかったことで、綾子さんは長いあいだ、小川さんのことを恨んだ。母親も、小川さんも、綾子さんに対して事情のすべてを語ることはなかった。そのことがなおさら綾子さんの内心に、不信感を生んでしまった。思春期以降、綾子さんは小川さんと、ほとんど会話を交わさないようになった。綾子さんは大学を出て、都内で四年働いたのち、四国の開業医の家へと嫁いでいった。

三年後、綾子さんは家に戻ることになった。そのころの彼女は、深く傷ついていた。傷つけられたのは自分のほうだとわかっているのに、罪悪感がやむことなく彼女を苦しめた。耳の治療はうまくいかず、むしろ経過は緩やかに悪化をたどった。

小川さんは綾子さんに、なにを問いただすこともなかった。ことの経緯を綾子さんが説明すると、それから数日、小川さんはほとんど口を閉ざしていた。そうしてある朝ようやく、食卓を挟んで綾子さんにひとこと尋ねた。

綾子の気持ちはもう、はっきりしたんだね。綾子さんがちいさく頷くと、小川さんは医院の休みの日に、相手の男のもとへと出かけていった。

脅迫めいた連絡をくりかえしてきた相手の男は、小川さんと話して以降、きっぱりと連絡を絶った。高校の同級生のね、弁護士の友だちと一緒に話してきたんだ。綾子さんにはそれだけ伝えて、やりとりの詳細は話さなかった。耳はね、ストレスとの関係が深いんだよ。だからもうあの男のことは考えずに、しばらくここでゆっくりしなさい。

稜子さんからそう聞いていたからこそ、わたしは翌日、小川さんの話を聞いて驚きもした。あの子から聞いてやれることも、言ってやれることも、ほとんどないんですね。傷ついた娘を温かく迎えた小川さんのうちに、それでもなお残る後悔をおもった。

春彦の話もした。わたしは稜子さんの口から聞く春彦のエピソードを楽しんだ。過剰に悔やむことも、無用に讃えることもせず、亡きひとについて話す難しさをわたしはよく知っていた。稜子さんと話すとき、自分にもそれができた。相手が稜子さんであるからなのかもしれない。あるいはこれもまた、過ぎる時のもたらす効用であるのかもしれない。

「わかれたあとにいちどだけ、春彦くんが電話をくれたんです」

あの晩、彼女は長いためらいののちに、そのことを口にした。それは春彦が自ら死を選ぶふた月ほどまえのことで、ふたりにとって三ヶ月ぶりの連絡だった。

画面に表示された春彦の名前を見て、彼女は携帯電話を手に取った。しかし、なにかの思いが、彼女に通話ボタンを押すことをためらわせた。

携帯は振動してはすこし止み、また振動しては止んだ。やがて不在着信の表示だけが画面に残った。稜子さんは翌日になって、電話に出られなかったことをメールで詫びた。春彦から返信が来ることはなかった。

テーブルランプの明かりが天井を染めていた。ランプのシェードはステンドグラスでできていたため、明かりには赤や緑の色が混ざっていた。こぐまのように膨れた枕に頭を預けて、わたしはそれを見上げていた。

稜子さんの手を握る。稜子さんの涙が止まるまで握ったままでいようと、わたしはおもう。首をすこし傾けて、部屋の壁に掛けられた鏡越しに、稜子さんの左耳を見る。複雑なかたちをした、洞窟の入り口のような耳。すべての音はたしかにそこに届いている。けれど稜子さんの鼓膜は、そのほとんどを聞き取ることがない。

春彦からの呼びかけに応えられなかったのは、稜子さんだけではなかった。わたしも、母も、父もおなじだった。いいいいい。しあわせでした。春彦は小さなメモ帳からちぎり取った白紙のページに、ただそのひと言だけ残した。その言葉はどんな後悔が綴られるよりも、遺されたわたしたちを途方に暮れさせた。

わたしはすこしのあいだ、春彦が稜子さんに電話で伝えようとした内容について、考えを巡らせる。しかしそのすぐあとで、もうやめることにする。電話は通じなかったのだ。そうしたことに頭を悩ませるのは、この十年でもうじゅうぶんだった。べつのやりかたが、いまのわたしたちには必要だった。

海に行くことを思い立ったのは、その晩だった。少なくとも五月になって気温があがるまでは安静にしていなければいけないと、稜子さんは言った。わたしが約束すると、かつてふたりが訪れた浜辺の所在地について、稜子さんは詳しく教えてくれた。

よかったら車でお連れしましょうかと、稜子さんは言った。ふたりで海にゆくのは楽しいにちがいないとおもった。ありがたいけれど、ひとりで訪れてみたい。結局、わたしはそう返した。どうか無理をしないで、こまめに休憩をとりながら運転してください。彼女の言葉に、必ずそうするとわたしは言った。

それからひと月ほどのあいだ、幸い重い発作が起きることはなかった。日常の症状はゆるやかに和らぎ、仕事のペースもすこしずつ戻すことができていた。

目が覚めたときに深呼吸をして、肺の底まで息が届いたとほんとうにひさびさに感じられたある朝、わたしは車に乗り、南房総へ向かった。車はいつもの通り、アクセルを踏んだぶんだけ進み、ブレーキに力を込めたぶんだけ減速した。その率直な仕組みを心地よく感じた。

到着するまで渋滞につかまることはなかった。街を過ぎて、海を過ぎて、緑を過ぎて、また街を過ぎた。二時間ほどの道のりは、あっけなくおもうほど早く感じた。こうした土地で暮らすほうが、ぜんそくのためにも良いのかもしれない。道中、そんなふうに考えもした。

春彦の見たガネットという鳥は、もともとこのあたりには生息していないことを、わたしは事前に調べて知っていた。目撃例もほとんどなかった。地元の住人のブログの古い記事に載る、望遠で撮られた、羽の大きな鳥の写真。逆光で影になっているそのシルエットがおそらくはガネットだと、確証なく書かれていたのを読んだばかりだった。

かつて春彦が見たのとおなじ光景を目にできるとは、もちろんおもっていなかった。それでも実際に浜辺に着いて、空をゆく鳥影を見かけると、わたしは期待とともに目を凝らした。画像検索で見ていたガネットとは似ても似つかない、おそらくはカモメやウミネコばかりだった。

車のそとに出て駐車場を抜け、短い階段を下りて、浜辺に足を踏み入れる。

砂には小石のような粗い粒が多く混じっていて、海水浴客はさほど訪れない浜だろうとおもう。中学生の男女はスニーカーを履いたまま、足を波に浸からせて遊んでいる。小舟が裏返して置かれているのを見つけて、わたしはそこに腰掛ける。ほんの数歩でも砂が入りこんだことが、靴のなかの感触でわかる。

シーツの皺を伸ばすように穏やかに、白波は砂浜へと打ち寄せている。波はわたしのすぐそばまで届くこともあった。あるいはずっと手前で勢いをなくして、力なくその手を伸ばしたまま、引き戻されてゆくこともあった。どの波もやがて引き波となって、次に押し寄せる流れのうちに、静かに飲まれ紛れていった。

あの夜、父は岸壁から飛びこみ、海に沈むことを望んでいた。そうして実際には、噴水の浅い水に必死でからだを浸しているのを、わたしが止めた。

止められてよかったとはおもう。けれど、それでなにが変わったわけではなかった。父はハーブをやめた。長い散歩に出かけることもなくなった。それだけのことだった。父だけではない。止めたわたしにしろ、母にしろ、春彦が選ばなかった生きるということを、どれだけの確信をもって選んでいるかなんて、等しくわからなかった。

大きな波が打ち寄せてきて、わたしのすぐそばにまでその身を広げる。靴を濡らしたくない。咄嗟にそうおもって足を引く。けれど、わたしは同時に、波がこの場所まで届いて、この膝や、腰までも飲み込んでゆくことを、どこかで待ち望んでもいた。

「ねぇ、ちょっと待ってよ」

そんな声がしてふりかえると、さきほどまで遊んでいた男女はもう浜辺を離れて、わたしが車でおりてきた坂道を登っていた。女の子はすでに坂の中腹におり、男の子が追いつくのを待っているようだった。

どこに置いていたのか、ふたりはそれぞれ紺色の学生鞄を肩にかけている。ふと、さきほどまで遊んでいたビーチボールをどちらも抱えていないことに、わたしは気づいた。

赤とピンクの縞模様のビーチボールは、波打ち際からすこし離れたあたりの海に浮かび、陽光を浴びてきらめいていた。あのふたりがわざわざ捨ててゆくとは、なんとなくおもえなかった。服を濡らさずには届かない場所まで流れていってしまったために、取りに行くのを諦めたのだろうと、わたしはおもった。

しばらくのあいだ、そのビーチボールを眺めていた。波に乗りすぐに戻ってきそうなものだが、あまりに軽いためか、ビーチボールは膨らむ波のうえを滑っては、結局はひとところに留まった。青い海にカラフルなボールが浮かぶそのさまは、夏の絵葉書にでもなりそうだった。

いつまでもそうして漂っているものとおもっていたところに起きたそのことは、だからわたしの目に、とてもふしぎに映った。

浮き沈みをつづけていたビーチボールはあるとき、独楽《こま》のように水平に、ゆっくりと回転をはじめた。速度はすこしずつ増してゆき、やがて赤とピンクの縞模様が溶けだしてゆく。そうして全体が一色に染まったあたりで、今度はスイッチの切れた扇風機のように、回転が弱まった。

ビーチボールはそのまま、岸に戻るのではなく、沖に向かって流れはじめた。引き止めるものもないままに、ためらいのない直線を描いて遠ざかってゆく。その勢いは、誰かひとの意思が介在していないほうがおかしいと感じるほどだった。

驚きとともにその光景を眺めるうちに、わたしはしばらくまえ、ラジオのニュースで聞いたことを思い出した。岸から沖へと向かう見えない流れが生じて、海水浴をしていた学生が亡くなった。専門家でもその流れを見極めることは難しく、水難事故の要因となることが少なくない。離岸流。たしかそのように呼ぶはずだった。

あらためて海を眺めると、ビーチボールの流れてゆく道すじの発端の岸では、波がうまく立たず、凪いでいるように見えた。ビーチボールはいまでは、その縞模様をはっきりと見分けることができないほど、遠くの沖まで流されていた。

さきほどの子たちは、この浜にときにこうした流れが生じることを、知っていたのかもしれない。だからこそあっさりとビーチボールを諦めたのかもしれなかった。

青い海に刺さったピンのようなそのビーチボールを見ていて、わたしは春彦が目にしたはずのガネットをおもった。左腕を水平に差し出し海面に見立てて、尖らせた右手のガネットを飛び込ませる。春彦が稜子さんに見せたというそのジェスチャーが頭に浮かぶ。

勢いよく海に飛び込んだ鳥は、魚を捕まえ、浮き上がろうとしたところで、このような流れにつかまったということはないだろうか。

いや、もしかすると。入水する角度に不具合があったために、水中で鳥は気を失い、魚を口にせぬままに、沖へと流されていったのかもしれない。その白いからだは海面に差す陽光のきらめきに紛れて、ビーチボールとおなじように、何十メートル、何百メートルと離れていって、やがてちいさな点となってしまう。そのようにして鳥は気を失ったまま、ぬるい海面でしばしのあいだたゆたったのかもしれない。落下のためにこわばらせていた羽を、ひとときゆるませながら。日差しによる火照りを、ときおり吹く海風によって冷ましながら。

春彦と稜子さんが海を見張るのを諦めたころ、鳥は意識を取り戻す。飲みこんでしまった水を、苦しみとともに吐き出すかもしれない。落下の衝撃がまだ、痛みとしてからだに残っているだろう。それでも鳥はしばらくののち気を取り直して、姿勢を整え、水かきのついた両足で海面を蹴る。大きく羽ばたいて水を払って、空中へと戻ってゆく。

その瞳はまだ光を捉え、羽はしなやかに風を切る。そのことをたしかめて、鳥はまた海面に魚影を探すだろう。次にまた飛びこむべき場所を見定めるのだろう。

鳥は実際に、すぐにまた獲物の群れを見つける。雲が海面に落とす影が、魚群を探す手助けをする。影のおかげで陽光のきらめきに攪乱されることもなく、狙いを見定めることができる。鳥は海面へと近づく。魚がどれほどの深さにいるかまではははっきりとはわからない。わからないからこそ、加減することなく、できるかぎりの速度で飛びこむ。

皮膚を刺す注射針のように鳥は海中へと潜り、その軌道はほんの一瞬、空洞になる。無数の泡からなる白い帯が伸びる。魚はそうと気づくまもなく、ガネットのくちばしのなかにいる。すぐさま飲みこんでしまうかもしれない。あるいは、巣で待つ雛のもとに届けるため、くわえたままにするのかもしれない。水面まで浮かび上がると、鳥はまた水を蹴り、羽を上下させて、海を離れる。脂を帯びた羽毛は水を弾いて、そのからだはすぐさま乾いてゆく。

あと何度、そのようにして海に飛びこみ、餌を獲ることができるか。そのようなことを鳥は考えもしない。ただ巣のある場所へと向かって、悠々として、あるいは痛みを堪えながら、その身を羽ばたかせる。くちばしか腹のなかかを、糧によって満たしながら。糧の重みと、重みがもたらす力との、その両方を感じながら。

わたしはそうしたイメージを、飽きることなく膨らませた。絶えず聞こえる波の音を頼りに、鳥が海中に飛びこむとき耳にする音を想像した。雲の切れ間から差すカーテンのような光の帯のなかを鳥が飛ぶさまを、わたしははっきりと目に浮かべることができた。

春彦の見たガネットが、そんなふうにふたたび羽ばたいていったと、それがまるきりありえないことだと、誰が言えるだろうか。遠くの一点に留まってもう戻ってくる気配のないビーチボールを見つめながら、わたしはそのようにおもう。

ひとの命を奪うこともある危険な海の流れが、いまのわたしにはひとつの希望のように映る。鳥は飛んでいったのだ。わたしはそう言葉にしておもう。春彦たちが車に乗って帰路についているあいだに。長い夜が訪れるよりもまえ、日がまだ海に豊かな光を投げかけている、そのあいだに。

そのことを春彦に伝えたいとおもった。春彦が目にした鳥はきっと、しばらくのあいだ海上を漂い、けれど岸から遠く離れたあたりで意識を取り戻して、そのまま飛んでいったのだと。結局はいつの日か失明し、あるいは羽が折れて、海に沈んでゆくのかもしれない。それでも、そのとき鳥はもう一度だけ羽ばたいて、餌を獲り、満たされて飛んでいったのだと、そう伝えたかった。

「そうかもしれないけどさ、それがどうしたんだよ」

必死になって話すわたしに、春彦がそう笑って返すイメージが浮かんだ。苦笑した声のそのかすれ具合まで、はっきりと耳に届いた。いつもの列車。小刻みな揺れ。やかましい走行音。絵に描いて父に見せたそんな景色が頭のうちに一斉に広がり、やがて寄せては返す波の音に払われるようにして、ゆっくりと薄らいでゆく。

鳥の飛び去った海をわたしは眺めつづけた。海から吹き寄せる風によって、涙が耳のほうへと流れていった。塩からい空気を胸の奥深くまで吸いこみ、ゆっくりと吐く。わたしは膨らんで、そしてしぼむ。けれど、すっかりしぼみきってしまうことはない。ふたたび膨らみ、しぼみ、やがてまた膨らむ。

遠ざかっていったときとはちがい、ビーチボールは寄せる波に慌ただしく上下しながら、すこしずつ岸のほうへと戻ってきた。沖へ向かう流れはいつのまにか、散り散りになって消えてしまったようだった。ビーチボールは波が巻きはじめる手前でしばし留まったあと、一段大きく膨らんだ波に乗って、岸へと届いた。

わたしは立ち上がり、砂浜を抜けて、薄い波に靴を撫でさせるままにして、ビーチボールのもとへと歩いてゆく。両手を伸ばして、それを拾う。ボールは水をまとって滑らかな磁器のように輝いている。

わたしはふりかえり、坂のうえへと目を凝らす。女の子も、男の子も、もちろんもうそこにはいない。

わたしは海から離れ、ふたたび砂浜を抜ける。コンクリートの段を登り駐車場へ戻ると、車の鍵を差して回し、扉を開く。ビーチボールを助手席にほうって、扉を開けたまま運転席に腰掛ける。しばらくどこかで時間をつぶして、夕景を見て行こうかと悩む。しばらく考えて、もういいだろうと、わたしはおもう。

濡れた靴を脱ぎ、濡れた靴下を脱ぐ。両手でねじるようにして、水をかたく絞る。いつだかトランクに置いたままにしていたタオルを見つける。足やすねを拭き、最後に靴につっこんで、水分を吸わせる。ふたたび靴を履くと、水に濡れた気持ち悪さは、さきほどよりいくらかましになっている。

エンジンをかけて、ギアをドライブに入れる。サイドブレーキをあげ、湿った靴をアクセルペダルにのせる。坂を登りはじめたあたりでバックミラーに目をやると、ちょうどその一面を、きらめく海景が占めていた。やがて車が進んでゆくと、ミラーは砂浜へ、そしてコンクリートの道路へと、映す景色を変えていった。

大人になっても苦しいままだったら、どうする？　いつか幼いころの春彦が、わたしにそう尋ねてきたことを思い出す。車は坂を登りきって、鳥居が立つ神社のもとへと戻ってくる。一度通ってきた道のりは見覚えがあり、来たときよりもずっと速く、過ぎ去ってゆくようにおもえる。

ずいぶん長く海風にあたったけれど、わたしの気管支は狭まることなく、豊かに呼吸することができている。大人になっても苦しいままだったら、どうする？　だからわたしは酸素の乏しさに苛まれることなく、春彦の言葉について考えを巡らせることができる。

すこし開いたままの運転席と助手席のふたつの窓から、風が音を立てて吹きこんでくる。わたしは静寂を求めて、パワーウインドウをきっちりと閉じる。ゴムパッキンがたてる小気味良い音を最後に、求めたとおりの静けさが、車内を満たす。波のさざめきがもう遠く背後に去っていったことを、わたしは感じる。

街を過ぎ、緑を過ぎ、海岸沿いを過ぎる。そうしてまた街を過ぎてゆく。コンクリートの地面の凹凸に、車体がわずかに揺れる。助手席のビーチボールが音を立てず跳ねる。赤とピンクの空気のかたまりがそこにあることを、わたしは目を向けずたしかめる。

わからないままで

I

厚いコート紙に印刷された型にそってカッターナイフを入れ、細長い機体を切り出す。同じように切り出した主翼や尾翼を、点線で示された位置に、一ミリのずれもないように糊づけして組み立てていく。

ホームセンターで一機六百円で販売されていたホワイトウイングスというその紙飛行機は、父親と息子がともに熱中した、数少ない趣味だった。平日の夜、風呂からあがって眠るまでのわずかな時間、作業のほとんどが父の手によって行われたが、息子はいつもかならずその隣にいて、飛行機ができあがっていくさまを熱心に眺めた。もうすぐ寝る時間だからと、卓上灯のみが点いたうす暗い寝室で、ふたりは古いライティングビューローのまえに椅子をならべて座った。その頃、父親の手は、まだ震えていなかった。

毎週のように増えていく機体を、ふたりは段ボールで自作した専用の箱に収めた。箱の側面には、父親がホワイトウイングスを真横から見たイラストを描いた。新たに飛行機が一機組みあがるたびに、端正な線で描かれた、絵というよりも設計図に近いイラストが増えていくことも、息子の楽しみのひとつだった。

週末ごとにその箱を紺色のトヨタ・セプターの後部座席に置き、シートベルトで固定して、近隣の公園や、ときには隣県の河川敷まで運んでいった。求めていたのは、飛行時間をより長いものにする風だった。地上十メートルから二十メートルの上空で、機体を持ちあげて運んでいくゆるやかな風が吹く場所をさがすのが、休日のふたりの習慣になっていた。

飛行機はゴムを使って飛ばした。三分の二ほどの長さに切った割り箸の端に、幅の広い強化ゴムを結んで、持ち手をつくる。機首の下についているJ字型の金具にゴムを引っ掛けて、手前に引く。持ち手を高く掲げ、ほとんど真上を向くような角度で、機体を空中へ放つ。

発射に失敗すると、機体は急カーブを描いて落下し、勢いのままに地面へと墜落した。うまくいけば壮観だった。弾丸のように勢いよく上昇していって、頂点に達すると、機体は一瞬のあいだ、中空に静止して見える。やがて重力を思い出したかのように身を翻しながら下降をはじめ、そのまま着陸するかと思えば、ワイングラスの底をなぞるみたいにして、再び上昇をはじめる。

上昇と下降を何度か繰り返して、だんだんと高度を下げたのち、機体は腹を地面に擦りつけながら、おだやかに着地する。

飛行している秒数を、父と息子は声をあわせて数えた。飛行時間は、ときには三十秒を超えることもあった。よく飛ぶ機体は丁重に扱ったが、多くの場合、着地の衝撃で翼の角度が変わってしまい、次にまた同じように飛ぶとはかぎらなかった。

父親の郷里では、盆は八月に行われた。送り盆の墓参りを終えたあと親戚一同が本家の母屋に集まる慣例が、平成の中頃にはまだかろうじて残っていた。やがて戦中世代が去るにしたがって、残った世代はめいめいに墓を参り、かたちばかりの挨拶をすませると、あっさりと本家を後にするようになった。あるいは盆にも正月にも訪れず、親族との関わりをほとんど絶ってしまう者たちもいた。

夜の宴会は、子どもには退屈だった。母屋から細く長い廊下でつながった離れにつめこまれても、年に一、二度しか顔をあわせることのない子ども同士の仲はぎこちなかった。母親たちは、祖母の陣頭指揮のもと台所で料理を作りつづけた。男たちは皿が運ばれてくるのを座敷でただ待っていて、競うように大きな声で騒ぎながら、ひたすら酒を飲んだ。自分の話題をみなに聞かせようと声を荒らげる者、突然妻を叱りつける者、酔って前後不覚になる者、部屋の隅で肩身の狭い思いをしている者。毎年、同じ役を、同じ者が務めた。三十秒以上飛ぶ紙飛行機を作る父親は、どの相手の話にも困ったような笑みを浮かべながら、ただ小さく相槌を打つばかりだった。

宴会の翌日にほとんどの親戚たちが帰っていき、翌々日に残っていた数人の近縁もいなくなると、父親と息子は例の箱を持って、近くの河川敷まで歩いていった。夏の盛りの日差しは厳しく、父親は赤の、息子は紺色の野球帽をかぶった。箱は息子が持ち、父親はポカリスエットの入った水筒をぶら下げていた。ときたま強風が吹いて飛ばされそうになる帽子を、父親と息子はあわてて押さえた。

息子は、一年前に同じ河原で川遊びをしたときのことを思い出していた。その日は親戚のおじのひとりが、子どもたちがテレビゲームでばかり遊んでいるのを見かねて、河原に引き連れていったのだった。子どもたちはおじの前に列をつくって、順番に川の中へと投げ飛ばされては大笑いした。

息子も、一度だけ列に並んだ。おまえはやせっぽちだからよく飛ぶぞ、そう言っておじは両手でわきの下を抱えて、勢いよく放った。宙に浮いているあいだの光景はかたく目をつむっていたのでわからないが、その直前、おじに抱えられて見えた傾いた世界は、目に焼き付いて記憶に残った。視界の端でほかの子どもたちが、好奇心いっぱいの瞳で自分のことを見つめているのがわかった。次の瞬間には、水面に叩きつけられていた。遠くに飛び過ぎたために浅瀬の岩にひざを擦りむいて、血が滲んでいた。息子はそれをおじに言い出すことができなかった。

父親と息子は、ずいぶん長いあいだ日晒しになっているように見える鉄パイプの束に腰をおちつけた。父親は水筒の蓋にポカリスエットを注いで、息子に差し出す。ひと息に飲んだ息子は、その冷たさにむせてせきこんだ。

息子が箱を開きながらどれを飛ばそうかと訊くと、やっぱり新作からだろうと父親は言った。前の週にまた一機、新しいホワイトウイングスが組みあがっていた。機体の名前はいつも、父親の持っているレコードの歌手の名前から取られた。ミッチェル、シーガー、サイモン、ドアーズ1号、2号、3号。その日の新作は、テイラー号と名付けられていた。息子は箱からテイラー号を取り出して、父親に渡す。自分で飛ばしたがることもあったが、新作の初飛行の際には、息子はむしろ進んで父親に任せた。

ふたりは川下に向かって吹く強い風が和らぐのを待った。薄い雲が出てきて日差しは先ほどよりも弱まっていたが、それでも噴き出す汗を吸ってTシャツは次第に重くなっていった。あ、やんだ、と息子が言う。よし、と父親はちいさくつぶやいて、左手を高く掲げる。機体を持った右手を引いて、パチンコを撃つ要領で空中へと放つ。

機体は十五メートルほどの高さまで一気に飛び上がると、左に大きく傾《かし》いで下降をはじめた。そのまま地面まで落下するかと思ったところで、父親の背の高さほどから持ち直して、再び上昇する。上空でまた風が吹きはじめたのか、風下側へと流されながらも、上昇と下降を二度繰り返した。飛行時間が十五秒を数えたところで、テイラー号は川べりに繁茂した背の高い草むらへと落下していった。初回の飛行は上出来だった。

草むらをかき分けて、父親と息子は機体をさがす。発見したのは息子だった。機体の先端が泥に汚れていた。父親がポケットからハンカチを取り出して、それを拭った。

父親と息子はそれからテイラー号をかわるがわる飛ばした。十五秒、八秒、二十三秒、三秒、五秒、二十秒。ほかの機体も飛ばした。シーガー号、二十一秒。ドアーズ1号、十五秒、十八秒。十秒を越えれば上出来で、その日は多くの機体が優秀な飛行時間を記録した。上空で吹く風は、地上で感じるよりもおだやかなようだった。そうはいっても、機体はたびたび強風に流されて、ずいぶん先の落下地点まで取りに向かわなければならないこともあった。


父親がもう一度テイラー号を飛ばそうとしているとき、土手を降りてこちらに向かってくる人影があった。息子がはじめて見る顔で、父親よりもひと回りは年上に見える背の高い男だった。土手の上にもう一人、女が立ってこちらを見ていた。男の連れのようだった。

ひさしぶり、元気か。男が、親しげな口ぶりで言う。父親は驚きを飲みこんだ様子で、小さな声で、おひさしぶりですと返した。そこの坊やは、きみの息子か。聞かれた父親は、はい、と言って、息子の足元のあたりに視線を落とす。そうか、きみも所帯を持つようになったのか。どこに住んでいる、仕事はなにをしている、坊やは何歳だ。男の問いかけに、父親はひとつずつ答えた。息子には、父親の表情がうまく読み取れなかった。送り盆の宴会中と同じ困った笑顔を浮かべていて、早く問答を終わらせたいようにも、なにか父親のほうから言葉を発するタイミングを探っているようにも見えた。

きみもぼくも、幸せにならなくちゃいけないな。ひと通りのやりとりを終えたあと、川面のほうを見遣って、男がそのように言った。父親は、その言葉にはなにも返さなかった。父親の指先がティラー号の左翼のあたりをいじっているのが、息子の目に見えていた。

それじゃあ待たせているからと言って、男は土手の上にいる女を指差したあと、懐から財布を取り出した。数枚の紙幣を四つ折りにして、裸のままで悪いけど、遅いお祝いだと思って。そう言って父親に紙幣を渡そうとした。いえ、とんでもない、受け取れません。父親が言うのも構わず、男は父親のズボンのポケットに、紙幣を無理やりねじこんだ。ラジコンの飛行機、坊やに買ってやってよ。坊や、勉強がんばりな。白い歯をむき出しにして男が笑う。息子はどう答えていいかわからずに、小さく頷く。

男は革靴が泥に汚れないように注意しながら、かたちばかり急いだ様子で、女のほうへと駆けていく。父親は、その後ろ姿をぼんやりと眺めている。男は女のもとに辿り着くと、一度振り返ってこちらに大きく手を振る。そうして向き直るともう振り返ることはなく、女とふたりで並んで歩く後ろ姿が、土手の上を遠ざかっていった。

誰なの？　息子が父親に聞くと、父親は、あぁ、とただひとことだけつぶやく。飛ばさないの？　とティラー号を指差すと、再び力なく、あぁ、とだけ言って息子に手渡す。

息子は、手渡されたティラー号をゴムに掛け、思い切り角度をつけて空へと放った。放った直後にゆるやかな風が川べりを流れはじめ、機体は上昇気流に乗り、見失いそうになるほど高く舞い上がった。

息子は声に出さず、胸のうちで飛行時間を数える。父親をちらと見ると、まだ土手のほうをぼんやり見ている。飛行時間が、三十秒を超える。息子が、すごいよ、三十五秒、六秒、と叫ぶと、父親はようやく上空を見上げた。

そのとき、地上でもTシャツがはためくほどの強風が吹いた。ちょうど川下に機首を向けていたテイラー号は風にあおられ、まっすぐ川沿いを滑空した。父親と息子のいる場所からぐんぐんと遠ざかっていき、陽光の陰になりほとんど黒い点のようにしか見えなくなる。駆け出した息子は、見失ってはいけないと焦るあまり、飛行時間をどこまで数えたか忘れてしまう。テイラー号は広い川の反対側まで渡り、さらに土手の向こうへと流されていく。機体はやがて、高く茂った草むらのあたりに突っ込んで見えなくなった。

息子は百メートルほど川下にある橋を渡ってから、川上へと戻り、機体の落下したあたりを探した。あとから箱と水筒を持った父親もやってきて、雑草をふたりでかき分けた。二分ぐらい飛んでいた、と息子が興奮して言っても、父親は大きな反応は見せなかった。

機体は見つからないまま、やがて日が暮れていった。まだ探すと言って泣く息子の手を父親は握って、テイラー2号を作ろうとなだめた。空を覆う雲は分厚さを増していき、やがて夏の通り雨を降らせた。機体の収められた箱には、そのときの雨の染みが乾いてもなお残った。父親が描いた機体の輪郭はあわく滲んだ。それから先、父親が新しいホワイトウイングスを買ってくることも、ホームセンターで息子が父親にねだることも、もうなかった。

2

異性とつぎつぎと浅い関係を持つことが、男はやめられなくなっていた。妻とは五年前に別れていて、息子も自分のもとにはおらず、男の生活を誹《そし》る者はなかった。それでも、そうした事情について、彼は周囲の誰に話すこともなかった。同僚や旧友、独り身であることを案じる親戚たちに対しても、露ほども感じさせぬようにふるまった。

積極的に相手を探すわけではなかったが、どこでだって見つけられるように男には思えた。たまに職場の飲み会に参加してみると、隣の席に座った女性から、しきりに視線を向けられた。学生時代の集まりに顔を出すと、その後もメールのやりとりのつづく相手が出てきて、どちらともなく会うようになった。あるいは、知人に誘われて普段は行かない繁華街のバーを訪れると、すこしだけ会話をした隣の席の客が、ポケットにメモを滑り込ませた。メモには、近くの店で待っていると書かれていた。友人と別れてからメモに書かれた店を覗いてみると、先ほどの女性がカウンター席に座っていた。

　そんなふうに多くの女性と関わりを持つのは、男にとってそれまでにない経験だった。好意を向けられる快感はあるにはあったが、男にとってはそれ以上に、ひとりで過ごす長い時間を埋められること、それもあと腐れのない快楽で埋められることに意味があった。

　男はいつも、もう無理だと拒まれるまで繰り返し相手を昇りつめさせた。ひとたび行為がはじまると、なぜだかそうせずにはいられなくなった。やがて女性が気を失うように寝てしまって、自分は射精せずに終えることも少なくなかった。同じ相手と何度かつづけて会うこともあれば、一度寝てそれきりになることもあった。いずれにせよ、せいぜい数ヶ月の付き合いだった。相手の連絡に応える頻度を、男はすこしずつ減らしていった。やがて相手からの連絡が途絶えると、男の側から連絡することはもうなかった。

　そのかわりとは言えないが、酒の量は減らすことができていた。とはいえ、長きにわたる痛飲がからだにきたした変調はしぶとく残った。あまり食事を摂れなくなった。深い眠りにつける日は、一年のうちでも数えるほどだった。ひとから急に声をかけられると動悸が激しくなり、異常に発汗した。仕事に決定的な支障はなかったが、その手はつねに震えていた。

離婚するまでの最後の日々、男は毎晩酔って泣きながら、別れてほしいと妻に懇願した。一杯飲むごとに罪悪感を覚えながら、それでもグラスに酒を注ぐ手を止められなかった。怒鳴るわけでも、暴力をふるうわけでもなく、ただただ黙って酒を飲みつづける夫に、妻はなんと声をかければいいものかわからなかった。いくら理由を聞いても、わからないんだと言って、男は涙するばかりだった。妻は辛抱強く、夫を支え、対話しようと試みた。出会った頃と変わらずと言えば嘘になるが、男に対する愛情を持ちつづけていた。それでも最後には、応じてやるしかないと思い至った。息子のことを思うとなおさら苦しい決断だったが、もう家庭を保つことは不可能なのだと、ついには認めざるをえなかった。

男は離婚したのちも、月に一度は中学生の息子と顔を合わせた。男が一人で暮らすマンションに部活帰りの息子が立ち寄って、夕食をともにした。男はいつも上等な牛モモ肉を買ってきて、ローストビーフにしたり、玉ねぎやジャガイモと一緒に煮込んだりした。父親が料理を作れるということを、息子は両親が離婚してはじめて知った。きれい好きの母親ほどではないにせよ、父親はそれなりにこざっぱりと暮らしていることが、部屋の様子からわかった。ソファの下にほこりは溜まっておらず、壁に掛けられたYシャツに目立つシワはなかった。

父子がともにする毎月の夕食の時間は、静かなものだった。男は多くを語らず、息子の学校生活についていくつか質問をし、その返答を聞いて頷いた。

両親が離婚した顚末について、息子は詳しく聞かされていなかった。そもそも、父親にしろ、母親にしろ、説明するに十分な言葉をもっていなかった。酒量が問題になっていることぐらいは理解していた。そのさらに向こう側にある事情について問《と》い質《ただ》してみたい気持ちもなくはなかったが、こういったことは世の中にありふれているのだからと、息子は自分自身を納得させていた。ただ漠然と、自分は父親のようになってはならないという思いがあった。ギターを弾いたり、絵を描いたりして学生生活を過ごした父親の道を避けて通るようにして、息子は運動部での活動に心血を注いだ。翌年にワールドカップを控えていて、サッカー部員たちは、自分たちとは直接関係がないのに練習はもちろん戦術の談義にも熱が入っていた。二〇〇二年であれだけ勝ち進んだのだから、今回はいったいどうなるだろう。そんな周囲の熱に混ざっているあいだは、出ていった父親や、そうとは見せずに苦労する母親を巡る出口のない思考から、遠ざかっていることができた。

話題がつきると、二人はほとんど黙ったままテレビを見て過ごした。決まって二十二時過ぎになると、車で迎えに来た母親に連れられて、息子は男の部屋から帰っていった。

食卓をはさんで息子と向かい合っているあいだ、平然としているように見えて男は、つねに必死だった。ひと月ぶりに自分の子どもと時間をともにしているにもかかわらず、はやくこの場を終わらせたい、意識がなくなるまで酒を飲んでしまいたいと、自分がほとんど焦がれるようにして思っているのが、わがことながら信じられなかった。衝動を隠すために、会う前までは息子に尋ねてみたいと思っていた質問も飲み込んで、ひたすら料理を口に運んだ。父さんは、きっと疲れちゃっていたんだろうな、実はもう元気なんだよ、母さんにもおまえにも、ほんとうに悪いことをした。そんな風に自分を偽って言うので精一杯だった。

息子が帰ったあとだけはどうしようもなく、ワインを一、二杯飲んでしまった。それ以上に手が伸びそうになるのをどうにか抑えて、まっくらの寝室へ行き、頭まで布団をかぶった。そうして、眠りが訪れるのをひたすら待ちつづけた。


相手から請われて、男は仰向けに横たわった。二本の指で相手の内側をもっとなぞりたかったが、女は男を無理やり押し倒して、顔に枕をかぶせた。わたしがいいと言うまでそうしてじっとしていてと女は言った。

女はその細い指で、首元から足の指先まで、男のからだのあらゆる部位に触れていった。指の腹でゆっくりなでるかと思えば、突然、薄く色を塗った尖った爪でわき腹を引っ掻かれた。血が滲んでいるのではないかと思うその強さに、男は枕をはずそうとしたが、だめだといって押さえつけられた。おそらく一時間ちかくかけてそうして触られるうちに、全身から汗が噴き出していた。とくに下半身のあたりのシーツが、汗で湿って気持ち悪かった。枕をかぶってまっくらになった視界に、ちいさく火花が飛んだ。自然と息が荒くなり、喉の奥が鳴るのを必死で抑えた。

同僚を介して出会ったその女とからだを合わせるのは、それが二度目のことだった。一度目は女の部屋だった。男はふだん相手の部屋を訪れることを避けていたが、食事をしたレストランが女の部屋のすぐ近所で、ほかの選択肢はないのだというように、女は男をマンションへと連れていった。広いワンルームのその部屋はカーテンが閉じられ、隅に置かれた背の低い照明が暗がりに灯っていた。ミルクガラス越しに広がるくぐもった明かりは、海中から見上げる太陽と似ていた。

相手の声の大きさに、男は戸惑った。隣人に聞こえるのではないかと心配していると、女はそれを察したかのように、防音はかなりしっかりしているのだと、冗談めいた口調で男の耳元に囁いた。ダブルベッドのわきに、ビニールでまとめられたミネラルウォーターのペットボトルが、二ダース置かれていた。眠りに落ちる直前に尋ねてみると、毎月量販店でまとめ買いをしているのだと女は言った。それを車に載せて運ぶひとがいるのだと、男は勝手な想像をした。

一度目の夜からふた月ほどが過ぎて、もう呼ばれることはないだろうと男が思いはじめた頃、女から電話があった。あなたの部屋に行ってみたい。女は単刀直入にそう言った。いますぐに？　うん、なにか用事がある？　男はそのとき居間でひとりでいて、テレビを見るともなく眺めていた。断る理由もなく、男は女に住所を伝えた。

女は一時間後、タクシーに乗ってやってきた。玄関の扉を開くとあいさつもせぬまま、女は男の首に腕を回してキスをした。そうして男の手を取ると、はじめて男の部屋を訪れたのにもかかわらず、知ったような足取りで廊下を進み、寝室の扉を開けた。黒いブラウスのボタンをふたつはずしてそのまま脱ぎ捨て、同じく黒いスカートを回してホックをはずし、チャックを下ろした。重力にしたがって落下したスカートは、力なく床に輪を描いた。下着姿になった女は、今度は男の着ていたカットソーを、その下のインナーごとまくって脱がせた。男が自分でスウェットパンツを脱いでいる途中で、女は両手で男の胸を押した。バランスを崩した男はベッドに背中から倒れた。女は男の腹のあたりにまたがって、顔に枕を押し付けた。

唐突に、射精感がこみ上げた。それを伝えてやめさせようとしても、女は男の肩を強く押して、もう片方の手の動きを止めなかった。果ててから、男は猛烈な羞恥に襲われた。小学生のとき、隣の席の女の子が授業中に漏らしてしまった光景を思い出した。リノリウムの床にゆっくりと広がる水溜まりが、鮮明に目に浮かんだ。突き抜けるような快感が去ったあとの余韻が、まだ全身に残っていた。ひどいことされたお返し、と女が言った。男も途中からそうではないかと思っていた。

女の鼻のかたちが姉に似ていた。そうと気がついたのは、もう一度、今度は女のなかで果ててから、避妊具を外してティッシュに包み、ゴミ箱に捨て、お互いに下着を身につけ、布団にくるまってからのことだった。女は仰向けで胸元まで布団を寄せていて、その視線は天井を見るともなく漂っていた。高い鼻はその半ばあたりで、傾斜する角度が急になっていた。収骨のとき、そういえば鼻の骨についての説明はなかったと男は思った。

六歳離れた男の姉は、男が二十歳のときに病死していた。しかしそれは、表向きの説明だった。ある日嫁ぎ先から実家に帰ってきた姉は、おそらくは自らの意志で命を絶ったのだった。男もそのとき、実家の別の部屋にいた。なにかがおかしいと気がついてからの顚末は、何度でも思い出された。枕元には、用量の何倍もの量の薬の包装シートが散らばっていた。それを自死ととるか、事故ととるか、はっきりさせようとする者はいなかった。シラフのあいだにそのときの光景がよぎり、酒を飲んでも頭から離れず、深酒をして寝てしまっても、また夢のなかで見るのだった。

女は暗がりのなかで、自分の仕事について話した。ドイツに本社のある証券会社に勤めていて、大きな額の金が動くのを見ているのが楽しいのだと言った。結婚は一度したが、女が望むので自分は寛大にも働かせてやっているのだと言わんばかりの夫の態度や、夫の実家との付き合いが自分には我慢ならないとすぐに気がついて、二年と経たず別居していた。離婚して、もう七年が経つ。四十を過ぎて、ひとりで暮らす日々をますます心地よく感じている。このままもう二度と誰かと暮らすことはないだろうと、うっすら予感している。

ひとつだけ、短い結婚生活で思い残したことがあると女は言った。元夫の実家には、足を悪くした叔母が同居していた。元夫の父親の妹にあたるひとで、彼女はかつて地元の幼稚園で働いていた。しかし、ある日子どもに後方から飛びつかれて膝を痛め、生涯にわたって不自由することになった。担任としてクラスを受け持つことができなくなり、以後は補助教員として働いた。七十を過ぎてからはいっそう痛みが激しくなり、家事をするにも支障が出てきたため、兄のもとに身を寄せた。彼女はそれまでの人生で、結婚をしたことはなかった。

寝たきりになってはいけないからと、叔母は日中のほとんどの時間を、近所を散歩して過ごしていた。盆や正月といった休みに夫の実家に行くと、その叔母について町中をゆっくりとまわることを女は好んだ。太陽が空を過ぎていくのと同じほどの速度で叔母は歩いた。

働くのは大変だけれど、楽しいわよね。叔母はよく女にそう言って微笑んだ。叔母がそんなふうに話すことのできる近親は、女のほかにいなかった。ええ、とても楽しいですと、女は正直に答えた。叔母は教師らしく、そここに咲く季節の草花の名を女に教えてくれた。イソギク、ヤブツバキ、マンリョウ。その日、梅はまだ花を開いてはいなかった。

まだクラスを受け持つことができていた頃、わたしのことをとても慕ってくれた男の子がいたの。叔母は、かつてのその教え子について話した。賢い子だったのよ、先生の言うことをきちんと聞く子で、友だち同士が喧嘩をしていたら、一生懸命やめさせようとするような。卒園式では、代表して証書を受け取る役に、自分から立候補したわ。なんだか幼稚園生とは思えない、はっきりとした、説得力のある声をお腹の底から出す子でね。

でもね、卒園式の当日になって、彼が父親に半ば引きずられながら登園してきたの。そんなこと、それまで一度もなかった。ほかの子なら、理由があってもなくても、帰りたいと言って泣くことは、しょっちゅうあったのだけどね。理由を聞いてみても、彼は口を閉ざして、さめざめと涙を流しながら、制服の裾をぎゅっと握りしめるばかりだった。お父さんは、そんな彼を厳しい言葉で叱っていたわ。情けない、男らしくない、赤ん坊じゃないんだからわけぐらい言ってみろ。大学病院に勤務するお医者さんで、厳格な方だったのね。

卒園式には出ないと言って梃子でも動かないから、式のあいだずっと、ホールの隣にある小さな部屋で、わたしとその子とお父さんと、三人で過ごしていたの。お父さんは押し黙ったまま扉の前に立っていた。その子は行儀よく椅子に座って、かたく握った手を膝の上に置いていた。彼の気が変わったらいつでも式に行けるようにと思っていたのだけど、結局、彼が式に出ることはなかった。

式のあとにホールでちょっとした食事を出す謝恩会をする頃になって、彼はようやく口を開いてくれたの。どうして式に出たくなかったの？　そう尋ねるとね、絞りだすような声で、お別れしたくないんだって、そう言うのよ。いつでもまたここに来ていいのよ？　お友だちもみんな近所にいるんだから、これからも一緒に遊べるわ。わたしがそう言っても、彼は首を横に振った。みんなで教室に揃うことは、もうないじゃないか。昨日までみたいな毎日は、もう決して戻ってこないじゃないかって。そう、実際に決してという言葉を使って、彼は言った。それは、ほんとうのことよね。お別れとはどういうことなのか、卒園式がいったい何を意味するのか、ほかの子どもたちや、別れに慣れてしまった大人たちよりも、彼はずっとよくわかっていたのよ。

そうね、ほんとうにそうよね、とても寂しいことよね。そう言いながら、なんだかわたしまで泣いてしまいそうだった。わたしは彼と一緒に謝恩会からすこしだけ抜け出して、園の庭を歩いてまわった。そう広い庭じゃないから、短い時間だったと思うわ。園の端っこに、太鼓橋という曲がった雲梯のような遊具が置かれていてね。そこをくぐりぬけたあたりに、植木同士に挟まれて、しゃがんで隠れることのできるような場所があった。彼はよくそこで友だちと秘密の話をしたり、ときにはひとりでいて、木の枝で地面に絵を描いたりしていた。わたしと彼はそこに座って、しばらくのあいだ庭を眺めていた。

先生もとても寂しい。いま、涙が出そうなぐらい。植木の陰にしゃがんで片方の肩を茂る葉に埋めながら、その場所でわたしは彼に、正直にそう伝えた。あなたは、怒っていたのよね。そう言うと、彼はじっと、わたしの目を見つめてきた。みんな、小学生になったらなんていう、先の話ばかりしてね。先生も同じだった。ちゃんと気づいていなかった。あなたが怒ってくれていなかったら、この寂しさに気づくことも、ここでこんなふうに園庭を眺めることもなかった。先生ね、今日のことを忘れないわ。たとえおばあちゃんになっても、決して。そうわたしが話すのを聞く彼の瞳を、今でもはっきりと覚えている。硯に磨ったばかりの墨汁みたいに真っ黒にきらめいて、周りの景色をすっかり包み込むような、そんな澄みきった瞳だった。

そのあと、園長先生に事情を説明して、教師と彼の家族だけが残ったホールで、彼だけのために卒園式をしたの。園長先生が名前を呼ぶと、彼は大きな声で返事をして椅子から立ち上がって、先生の前まで歩いていったわ。三年間、あなたは精いっぱい幼稚園での日々を楽しんで過ごしてくれました。そのがんばりを讃えて、卒園証書を授与します、おめでとう。そう言って園長先生が証書を渡すと、彼は両腕をピンと伸ばして受け取った。彼のお母さんは、お化粧がぼろぼろになるぐらいに涙を流していた。ハンカチでは足りなくなって、鮮やかな韓服の袖で目元を押さえていた。お父さんもそのときには、証書を受け取る息子に向かって、力いっぱい拍手をしていたわ。

先生といったって、怒ったり、悲しんだり、苦しんだりしている子どもに対してできることは、どれもほんとうにちっぽけなことだった。すこし時間を置くことや、言葉をかけること、あるいは、気休めに飴をなめさせること。これでは足りない、至らないと思い悔やむようなことばかりだった。でも、いまでは、そんな些細なことでひとは転びも起き上がりもするのだと、わかる気がする。

ずいぶん長いあいだ働いたけど、あの日みたいに忘れられない光景が、たくさんある。そのときのことだけじゃなく、その子のことだけじゃなく、とにかくたくさんね。そうして夢中になっていたから、周りからどんなに結婚しろ、仕事を辞めろと言われても、わたしは聞かなかった。いま恐ろしいのはね、兄さんに嫌味を言われることでも、だんだん歩くのが難しくなっていくことでもない。忘れたくない大切な景色を、すっかり思い出せなくなってしまうこと。だから、こうしてあなたと話しながら思い返すことができて、とてもうれしいのよ。

実はね、そのときの彼が、そこにある小児医院の先生なの。卒園式のことなんて、きっともう覚えていないだろうけれどね。でも、それでもいいのよ。

ときに公園のベンチで休みながら、あるいは立ち止まって道端に植わったサザンカの葉をいじりながら、そんな昔話をしてくれたかつての叔母と、もう会えないことだけが心残りなのだと女は言った。ややこしい話し合いや金銭的なあれこれを済ませ、離婚届を出してようやく、もうあの叔母と会うことはないのだと、彼女は気がついた。もしかしたらいまでは叔母はもう、近所を散歩することすらできなくなっているかもしれない。別れた夫の両親から金輪際連絡をくれるなときつく言い渡されたいまとなっては、存命かどうかすらわからない。

別れがどんなことであるのか、叔母さんが話してくれたその卒園児のようには、わたしはわかっていなかったのかもしれない。最後にあと一度だけ、叔母さんと散歩をしたかった。叔母さんとその子が座っていた植木のあいだみたいな場所で、寂しいとひと言伝えることができたらよかった。彼女は独り言のようにそう言って、男に背を向けるように寝返った。

つい先ほど男が唇でなぞった背中が、実際の距離よりも遠くに感じる。あなたは素敵なひとだけど、もう会うことはない気がする。女はそう言った。元気でね、とつづけて言う。あなたも、と男が返すと、うん、と言って、やがて女は眠りについたようだった。男が深い眠りから目を覚ましたとき、女の姿はもうなかった。

昼過ぎ、スーパーで買い物をした際に財布を開くと、小さなメモ書きが入っていた。現金の持ち合わせがないので、タクシー代として三千円を借りる、封筒に入れてこの部屋宛てにかならず送って返すと書いてあった。後日、女はほんとうに現金を送ってきた。五千円札に付された小さな付箋に、ありがとう、と端正な字で書いてあった。すこし迷った末に、二千円を女に送り返すことを、男はやめた。

3

ビニールの浮き輪の硬いゴムでできた空気栓を引き出して、指でつまむ。ドーナッ状に閉じ込められた空気に体重を預けると、栓から風が吹き出して、か細い音をさせる。

ぜんそくの発作が起きているときに自分の胸から聞こえる音はそれと似ていた。かけらも温みの感じられない、乾いた音だった。生きて血を巡らせているものがたてる音だとは、わがからだながら思えなかった。浮き輪が命を持たないのと同じように、自分の気管支や肺からなる呼吸器それ自体には命は宿っていないのだと、少女は思った。

季節の変わり目にはかならずと言っていいほど、ぜんそくの発作が起きた。小学校は休まざるをえなくなり、その期間は十日になることも、ひと月近くなることもあった。勉強は苦手ではなかったが、授業に追いつくので精一杯だった。商店を営む両親は忙しく、彼女の学習の進度を気にかける余裕はなかった。

発作が起きているあいだは、テレビを見ることも、漫画本を読むこともできなかった。座ったり、腕を上げたりといった体勢が苦痛だった。また、たとえ画面なりページなりに視線を落としたとしても、酸素が薄いぼうっとした頭では、内容をうまく理解することができなかった。発作が起きると少女は、家族や従業員がせわしなく動きまわる母屋から、離れへと隔離された。布団に横たわり、天井を見つめ、自分の胸がたてる音に耳を傾けながら、いびつな呼吸を繰り返した。

規則的にも不規則にも見える天井の木目の楕円状の広がりを、少女はよくそうして横たわりながら、ひとつひとつ辿って見た。伐採され、適当な厚さの天井板へと加工された、もはや生きてはいない材木の目は、しかしラーメンの汁に広がる油のように、今にも動き出してかたちを変えそうだと少女は思った。自分が見ていない間に、実際に動いているのではないか。そんなふうに想像することもあった。しばらくまぶたを閉じて、急いで開いてみる。木目は、やはりそのままのかたちでそこにあった。少女が何度数えたかわからない楕円の数は、増えることも減ることもなかった。天井の木はたしかに息絶えていた。

かつての少女と同じようにして、彼女の年の離れた弟が布団に横たわり、肩をこわばらせながら息を吸って、息を吐いていた。弟のうるんだ瞳は姉の目に、父方の祖母が戸棚の奥に大切にしまう湯飲み茶碗の色合いを思わせた。深い茶色はまるで水滴に覆われたような光沢があり、姉は食器の間からその茶碗を覗くたび、ほんとうに濡れているのではないかと、触ってたしかめてみたい気になった。

ずっとあとになって祖母が亡くなったとき、二人の母親がその茶碗の由来について話した。茶碗は、島根の陶工に弟子入りしていた祖母の従兄が、祖母が嫁ぐ際に贈ったものだった。若き日の祖母は、その従兄に恋をしていた。従兄が祖母のことをどう思っていたかはわからない。祖母の結婚が決まったとき、従兄はただ、その茶碗を新聞紙に包んで、祖母に手渡した。台所に近づかなかった祖父は、その茶碗の存在さえ知らなかっただろうと祖母は話したそうだった。うまくいっていたとは決して言えない嫁姑の関係において、それは祖母が心を許して語った、数少ない私話のひとつだった。

十二月の夜、時刻は一時過ぎだった。重い発作を起こした弟は、隣で眠っていた母親を起こした。隣室で本を読んでいた姉は、母親がネブライザーを用意する音に気がついて様子を見に行った。母親は、洗面所の引き出しを開け閉めしながら、吸入用の薬液を探していた。

ネブライザーは、狭まった気管支を拡げる薬液を、霧状にして噴出させる機器だった。本体のスイッチを入れると、ゴムチューブを通して、ガラスの吸い口へと空気が送り込まれる。その圧力によって薬液が白い霧となり、吸い口から出てくる。姉が中学生になる頃になってようやく、一般家庭でも手に入るようになった機器だった。姉のぜんそくの発作は年を重ねるにつれて次第に減っていたが、それと反比例して、小学校の高学年に近づいていく弟が、重い発作に苦しむようになっていた。

母が洗面所の鏡の下の引き出しを片端から取り外し、中のものをひとつずつ出して並べてみても、薬液は見つからなかった。常用の飲み薬はすでに飲ませたが、重い発作にてきめんに効果があるのは、ネブライザーによる吸入だった。前に弟の発作が起きた際にどこかにまとめて置いたはずだが、場所がわからなくなってしまっていた。母は、車で二十分の場所に住む親戚に薬を分けてもらいにいくと言って出ていった。親戚の家の娘にもまた、ぜんそくの持病があった。

苦しむ弟が横たわる布団のわきに、姉は腰を下ろした。水を注いだプラスチックのコップを手に持っていた。幼い頃から発作が起きるたび、医者から、あるいは父や母から、とにかく水分を摂るように言われつづけた。コップで飲む真水は不味かった。体調が良いときには何も思わず飲めるのだが、発作で息苦しいときに飲む水は、鉄のスプーンを舌に押しあてられているような味がした。それでも我慢して、腹が重く感じるまで水を飲んだ。

弟が身を起こすのを手伝って、コップを手渡す。弟は、喉を鳴らしながら一気に流し込もうとする。一息で飲みきれずにすこしだけ水の残ったコップを、弟はそのまま姉に返した。

こうして水を飲むために、ほんのすこし身を起こすだけでもつらかったことを、姉は思い出していた。無心に呼吸をつづけていると、まるで自分のからだが、空気が通り抜けていくだけの無機質な一本の管になったように思えた。硬質ゴムでできた細長い管が、暗闇にぽつんと浮かんでいるイメージを思い描いた。その感覚にふけっているあいだは、呼吸の苦しさを意識の遠くへと追いやることができた。しかし、ひとたび、ほんのわずか身を動かすだけで、その感覚はたちまち霧散した。わきに追いやっていた苦しさが、もしかしたらこのまま気管支がふさがって死んでしまうのではないかという恐怖をともなって、再び頭のなかを満たすのだった。

弟はまぶたを閉じて懸命に息を吐き、息を吸って、かつての姉と同じように、一本の管になろうとしている。そばで見ている姉には、そのことが痛いほどよくわかった。

二階のその部屋の天井も木板でできており、木目の大小の楕円が散っていた。弟もまたこの天井を見て、いつかの自分と同じことを考えるだろうか。部屋の南側には大きな掃き出し窓があり、そこから夜空を見上げることができた。その夜、ちぎったような雲がいくつか流れる空の向こうに、煌々とした星々をはっきりと見てとることができた。弟は木目なんかよりも、星空のほうに興味を引かれるかもしれない。夜空に輝いている星を見て、姉はそのように思った。

姉はガラスの吸い口に、少量の水を注いだ。プラグをコンセントに挿し、ネブライザーを起動させる。本体が低い振動音をたてて小刻みに揺れる。聞きなれた音に、弟は目を開けた。

薬はないから水を入れただけだけど、吸ってみてごらん。姉は弟に言った。母親が薬液を持って戻るまで、まだずいぶんかかるだろう。血の気の引いた弟の顔ははっとするほど白く、夏祭りの金魚すくいで使うポイの薄紙を思わせた。ひとたび水中をくぐらせると、溶けて消えていってしまう白色。姉の頭に一瞬、弟の死がよぎった。おおげさだと思ったそのすぐあとで、もしかしたらおおげさではないのかもしれないという考えが浮かんでくる。気休めにしかならないかもしれない。それでも、姉は水が入った吸い口を、弟に渡さずにはおれなかった。

ちいさく頷いた弟をみて、姉は弟の頭と背中の下に枕をもうひとつふたつと重ねて、身を起こさせる。蒸気が吸い口の底から沸きあがり、弟の口へと流れ込んでいく。ただの水でも、見た目は薬液の蒸気と変わらない白色をしていた。弟の胸の下でほとんどふさがってしまっている気管支へと、蒸気が吸い込まれていくさまを想像した。

どうしてこんなことになってしまうのだろうか。健気に吸い口をくわえる弟を眺めながら、姉は向ける先のない憤りを覚えた。学校ではみな、大阪で開催される万博の話題で浮かれている。弟の小学校でも同じだろう。自分の家族は行けるか、行けないか、同級生たちがそんなことばかりに夢中になっている一方でこの弟は、ただ息をすることすらままならずに臥せっている。弟の気管支を拡げてやりたい、浮き輪の空気栓を指でつまむようにして。そう思いながら、姉は布団のわきに身を横たえる。すると、窓枠とベランダの手すりとで台形に切り取られた冬の夜空がよく見えた。こんなに輝く星々もまた、やがて燃え尽きて息絶えていく。それは自分が命を終えるよりもはるかに先のことにちがいないのだが、いつか消えると知る光には、輝やかしさよりも虚しさを覚えた。

気がつくと、弟は眠っているようだった。呼吸は浅く、その肩はせわしなく上下していた。口元に支えていたネブライザーの吸い口が、すこし傾いている。起こしてしまわないよう注意しながら、その角度をそっと直した。蒸気は、まっすぐ弟の口のなかへと注がれている。そうして何度か吸い口の角度を直してやるうちに、姉もまた眠りに落ちていった。

玄関の戸が開く音に目が覚めた。薬をわけてもらいに出かけていた母親が、ようやく帰ってきたようだった。壁掛け時計を見ると、時刻は二時を過ぎていた。同じく目を覚ました弟に、お母さんが薬もらってきてくれたと声をかける。弟は吸い口を外して、天井を見上げて呼吸をする。息ができてる。弟が不思議そうに言う。呼吸音を聞くと、たしかに通りが良くなっているようだった。水分を摂ってすこし眠ったぐらいで発作が治まることなど、ほとんどない。水ばかりのネブライザーが、わずかでも効いたのだろうか。

階段をあがってくる音がして、母親が部屋に入ってきた。遅くなってごめんね。母親が弟に声をかける。ねぇねが吸入やってくれて、良くなった。弟が言う。薬は見つからなかったけど、あんまり苦しそうだったから、水だけでネブライザーを使ってみたの。姉がそうつづける。

母親は驚いた表情を浮かべて弟の胸に耳を当てると、ほんとうね、だいぶ楽そうね、と安堵した。念のため、薬でもやっておきましょう。そう言って薬液のビンを取り出して、吸い口へと注ぐ。スイッチを押すと、いつもどおりの白い霧が噴出される。

あなたももう寝なさい、ありがとうね。母親が言う通りに、姉は部屋を出る。戸を閉じるまえに弟を見やると、彼がこちらを見ていた。その目が感謝を伝えているのが姉にはわかった。

六歳という年の差のわりによく遊ぶ、仲の良い姉弟だった。しかし、もっともふたりを深く結びつけているのは、この呼吸の苦しみをともに知ることなのだと、姉は思った。おやすみ、とつぶやいて姉は戸を閉じる。暗い廊下を歩いて自室へと向かう。ネブライザーの規則的な機械音だけが、静かな夜に響いていた。

4

何もかもが深い雪に覆われ、森林も岩々もじっと息を潜めていた。しかし、それらは息絶えているのではないことを、雪を踏みしめて進みながら男は感じていた。跳躍の直前で膝をかがめている陸上選手のように、あるいは、いまにも叩きつけるために振り上げられた硬い拳のように、それらの内側では凝縮した力が蓄えられていて、放たれるその瞬間を、いまかいまかと待っている。それは、次に歩みを進めた直後に雪崩として顕になるとも知れないと思いながら、男はまた一歩前へと踏み出した。

ときおり視線を上げると、一面の白銀の景色のなか、五メートルほど先で、紺色のバックパックが上下していた。周囲の雪の白色とバッグの紺とのコントラストは、色彩を反転させた夜空と月のようだった。あたりは静寂に包まれていて、男の耳には、前を行く者が雪を踏みしめるざっくとした音と、自らの弾んだ呼吸音だけが聞こえていた。

唐突に思いついただけだと周囲には話したが、内心、鍵を手渡された時点で決めていたことだった。期末試験の最後の科目を終え、大学の近くに借りたアパートに帰り、荷物をボストンバッグに詰め込んだその足で、彼は新宿駅へと向かった。あとにした部屋はいま、まったくのがらんどうだった。

枕元に積んでいた雑誌の山、友人と一緒に空にしたウィスキーやジンの瓶、ひとり暮らしをはじめる際に揃えた食器や料理道具、一組の寝具。それらをすべて、二週間かけてゴミに出した。段ボール五箱分の書籍は、買いだめしていたトイレットペーパーなど生活用品を譲る条件で、同じアパートの別の階に住む友人に預かってもらった。小ぶりのテーブルや食器棚、電化製品は、友人や、さらにその友人たちへと譲り渡した。母親の形見の木製のスツールだけ、母方の伯母の家に保管してもらうことにした。

三月になれば、大学の運営する学生寮に移ることになっていた。学生寮には生活に必要な家具その他は揃っており、朝晩と食事の出る食堂まであるそうだった。

大学入学時から住みはじめたアパートには、一年と十一ヶ月住んでいたことになる。父親はそのまま住みつづければいいと仕送りの増額を申し出てくれたが、断った。二年契約のアパートは、大家の好意で残りの家賃を払わずに済んだうえに、敷金も全額が戻ってきた。

アパートを出ることに、これといった感慨はなかった。大学入学当初は友人たちの溜まり場になり、覚えたての酒を毎夜のように飲んだ。はじめてできたガールフレンドとセックスを経験し、昼に夜に離れがたく長い時間を過ごして、やがて別れ話をしたのもこの部屋だった。しかし、母を看取るまでの数ヶ月を伯母の家で過ごして、やがてこの部屋に帰ってくると、もはや自分の部屋とは感じられなかった。この部屋で起きたあれこれは、どこか作り話めいた、あまりに遠い出来事であると彼には思えた。記憶のひとつひとつが、ずっと昔に読んだ漫画の些細なエピソードのようだった。

ＪＲの特急に乗り小淵沢まで向かう二時間ほどのあいだ、がたつく窓に頭を預け、断続的に眠った。前夜はひと晩かけて、友人から借りたノートのコピーを暗記していた。この半年ほど、可能な限りの講義に出席したつもりだが、秋ごろから年末にかけてはそれもままならなかった。試験の問題用紙の日付に「二〇一一年」と記載されているのを見て、年が明けたことを不意に実感した。前年は穴埋め問題だったのが記述式に変わっていたが、覚えていた単語をつなぎあわせて、なんとか空欄を埋めることができた。徹夜してまで勉強し、テストに出席はしたものの、結果にはもう関心がなかった。翌日の出発の準備をすっかり終えてぽっかりと空いてしまった時間を、漠として過ごすか、テスト勉強に捧げるかという二択を前にして、なんとなく後者を選んだだけのことだった。いずれにせよここしばらく、深く眠れる夜は少なくなっていた。

特急の車内では、ひたすら窓外の景色を眺めていた。釜無川沿いに北上していく路線は、進むごとに冠雪した山峰が左右から迫ってくるようだった。家並みは次第に減り、やがて小淵沢に近づくと、再び増えていった。途中、目を引く豪邸もあれば、ほとんど廃墟にしかみえない大型の集合住宅もあった。

向かって右側に、八ヶ岳が見えた。もうしばらくすれば、あの山の麓にある小屋に自分がいる。その実感がなかなか湧かなかった。幼い頃に過ごした小屋のなかの様子はおぼろげに浮かべることができたが、そこに至る道のりとなると、すっかり記憶から抜け落ちていた。幼い日の彼にとって小屋は、ふだんの暮らしから隔絶された、繰り返し見る夢のなかのような場所だった。いま、その場所に向かう電車に揺られて、着実に近づいていることが、寝ぼけた頭には、とてつもなくおかしなことだと思えた。次第に大きく見えてくる山は、たったいま切り出されたばかりの巨大な鉱物のように、鋭利な輪郭を空につきつけていた。

鍵は、母親の死に関する諸々の手続きを終えたあとに伯母から手渡された。小屋は母がかつて友人から破格の安値で譲り受けたもので、彼が小学校五年生になるまでは、少なくとも年に一度は家族でその別荘を訪れていた。中学受験のために塾に通いだした頃からだんだん足が遠のいて、いざ彼が志望する中学に合格してからは、もう家族で出かけるような家庭環境ではなくなっていた。アルコール依存症の父は勤める印刷会社こそ辞めることはなかったものの、そのほかの時間は絶えず酒を飲んでいて、不要な外出は一切しなくなった。父を立ち直らせるために甲斐甲斐しく世話をした母親も、彼が中学二年生になった年に音を上げた。

高校に進学してからは、すべての休日はサッカー部の練習に費やした。大学病院の事務員として働く母を支えるため部活をやめてアルバイトをはじめようとしたこともあったが、母の強い願いにしたがい、部活をつづけた。レギュラー選手にはなれなかったが、チームがインターハイで全国大会に出場した経験を面接で話し、大学の推薦入試に合格した。母が亡くなったあと大学のサッカー部を中途退部するまでは、その小屋に行くような時間はなかった。伯母から鍵を手渡されたときには、母がまだ売り払っていなかったことを知って驚いた。


小淵沢近辺をめぐるバスに乗り四つ目の停留所を降りて、十分ほど歩いた場所に、その小屋はあった。バスのなかは、冬の観光客で賑わっていた。自分と近い年頃に見える男女のグループもちらほら見られた。ほとんどの乗客は近隣のスキーロッジに向かうのか、彼と同じ停留所で降りる者はほかにひとりもなかった。

バスの通る広い道から一本わき道に入ると、雪は足首の深さまで積もっていた。車が通ったあとの轍を辿って、彼は滑らないようにゆっくりと歩いていった。それでも、小屋に着いた頃には、ニューバランスのスニーカーの指先に、雪が冷たく滲みていた。

途中、めずらしい鳥の鳴き声を耳にしたが、その姿を見つけることはできなかった。母は鳥に詳しく、口笛でさまざまな鳴き声を真似ることができた。かつて母が楽しげに鳥の鳴き声についいて説明していたのを、自分はきちんと聞いていなかったと思い、胸が痛んだ。ついさっき聞いた鳴き声を口笛で真似ようとしてみた。しかし、乾燥した唇ではうまく音が出なかった。もう一度鳴かないものかと期待しながら歩いたが、鳥はまだ近くの梢にとまっているにちがいないのに、声は永遠に失われてしまったかのように、頑として鳴くことはなかった。

およそ十年ぶりに目の前にした小屋は記憶よりもずっと小さく、工事現場で見るプレハブと大差なかった。丸太を積み重ねた外壁は、訪れる者がなかったにもかかわらず目立って傷んでいる様子はない。伯母の話だと、母は年間契約の維持管理サービスを利用していたということだった。

決して楽ではなかったひとり親としての暮らしのなかで、生前の母は何を思い、この小屋を維持していたのだろうか。伯母と話し合った結果、三月いっぱいでこの小屋を売り払うことに決めていた。そうはせずとも、父から振り込まれる生活費と母が遺したわずかばかりの預金とで、彼の学費はまかなえた。それでも先行きを考えると、管理費を払ってまで維持することは、彼にとって現実離れしていると思えた。無理をしたところで、将来、母や父以外の誰かとこの小屋を訪れる自分を思い描くことは、どうしてもできなかった。

枯れ木の枝の先を折ったような凹凸のある細い鍵で、玄関の扉を開く。窓には分厚いカーテンがかかっており、室内は暗く翳っていた。玄関のわきにあるスイッチを押すと、電気は問題なくついた。最後に訪れた十年ほど前から、ほとんど何ひとつ変わらない景色が広がっていた。スニーカーを脱いでまっさきに洗面所へと向かい、赤い印のついた蛇口をひねる。氷のように冷たい水が流れ出して、しばらくすると温水に変わった。三日前に管理事務所に電話して開栓を頼んでおいたガスや水道も、しっかり使用できるようになっていた。

かじかんだ指を、温水にくぐらせる。たまらず靴下を脱いで、左右の足を交互に洗面台の上にあげ、湯にあてた。五分ほどそうしていて、ようやくひと心地ついた気がした。

洗面室にある戸棚を開くと、バスタオルが積んで収められていた。最後に洗われたのはいつとも知れないが、一枚取り出して手足を拭う。明日になったら、このタオルもまとめて一度洗濯しようと彼は思う。電気が使えて、きちんとお湯がでる。それだけで、三月までのひと月ほど、なんとか生活していけると思えた。

居間に戻ると、窓の付近に羽虫の死骸が散っているのが目に入った。別の窓の付近も同様だった。玄関の軒下に置かれていた箒とちりとりを使い、それらの死骸を片付ける。きちんと戸締りがなされ、入り込む余地がないように見えるこの家のどこかに、虫たちは目ざとく侵入経路を探り当てていた。それにもかかわらず、出口を見つけることはついにできないままに、こうして息絶えてしまうのだった。ビニール袋の口をかたく縛り、玄関の外に出しておく。死骸は生きているものと見た目に大差なく、このまま放っておけば、いつしか再び羽ばたきだすのではないかと思えた。

部屋に戻ると、全身の疲労感とともに、つよい眠気が訪れた。ほとんど目を開けていることすらできないほどの、強烈な眠気だった。ソファにかけられていた白い布を取り外す。飴色の皮革のソファは、身を横たえると柔らかくしずみこんだ。それまで着ていたダウンコートを、布団がわりにかぶる。コートの丈が届かない膝から先には、ソファにかかっていた布を掛けた。眠りに落ちる直前に、このままの室温では風邪を引いてしまうと思い、意を決してもう一度立ち上がって、電気ストーブの電源を入れた。小屋には備え付けの暖炉もあったが、うまく火を熾せる自信がなかった。暖炉のわきには、薪がひと束まとめられていた。明日にでも腰を据えて試してみようと思ううちに、一分と経たずに眠りに落ちた。

とても深く、長い眠りだった。目が覚めて携帯を手にとり、時刻を確認すると、朝の五時すぎだった。前日の夕方から、十二時間以上眠っていたことになる。分厚いカーテンをよけて外を窺うと、あたりはまだ深い闇に包まれていた。

本来は晩飯にする予定だった、小淵沢駅の売店で買った惣菜パンの封を開けて、口に押し込む。目覚めた直後から、激しい空腹感があった。三つあったパンをすぐさまたいらげて、空腹はようやく落ち着いた。そのままソファで文庫本を読んでいるうちに、やがてカーテンの隙間から朝陽が差してきた。

ひとつだけ目的があった。彼はそれを灰色のタートルネックのセーターに包んで、ボストンバッグの底にしまっていた。着替えとともにバッグから取り出して、食卓のうえにそれを載せる。持った感触で、陶器がひとまず無事であることがわかった。小ぶりの丸い陶器には、彼の母親の遺骨が納められていた。

腫瘍が見つかってから、すべては半年のうちに過ぎていった。手術で取り去ることのできなかった癌細胞は、医師の想定を上まわるはやさで、母の体内に増殖した。ホスピスに移ってから二ヶ月半で、母は息を引き取った。

母は最後まで、彼の前では弱音を吐かなかった。遺言めいたものもなかった。対処すべき当面の問題については、すべて伯母に伝えていたようだった。

山か海にでも撒いてもらいたいかな。高校時代からの気の置けない友人に母がそう話しているのを、あるとき彼は病室のカーテン越しに耳にした。思いがけないことではあったが、言わんとすることは理解できた。母は両親と折り合いが悪かった。すでに亡くなっていた祖父とも、認知症ながら存命の祖母とも、母は結婚して以来、ほとんど交流を絶っていた。

病院から出ることのできた段階で一度だけ、母は、特別養護老人ホームで暮らす祖母に会いに行った。祖父が亡くなって以来、何度か場をともにしたのを除くとほとんど十年ぶりの再会は、あっけないものだった。記憶のはっきりしない祖母にしてみれば、母はもはや赤の他人同然だった。祖母の状態を見て母は、通りすがりの他人として、当たり障りのない世間話をした。別れ際に、一度だけ握手をした。今生の別れは、たった十五分で終わった。

陶器の蓋を開いて、中からビニールの真空パックを取り出す。中身はさらに和紙でできた白い袋に包まれていて、専門の業者によって細かく砕かれた母の骨が収められている。彼は白い袋の口を開いて、中身をたしかめた。

ふと、窓を開けていますぐそこに撒いてしまおうかという思いが、衝動的に浮かんだ。骨は、一年前にガールフレンドとの旅行で訪れた淡路島の砂浜に混じる貝殻のかけらとそっくりだった。業者は母の骨を恭しく受け取り、砕いて、そしてまた恭しく返してきたが、彼自身は、遺骨に神聖さのようなものを感じてはいなかった。

しばし骨を見ているうちに、衝動は過ぎ去った。人目のつかない場所に撒くようにと、業者から助言を受けていた。近い将来に誰かが買い取るこの小屋の目の前に撒くことは、さすがにはばかられた。

小屋の裏手の山をすこし登ったあたりの適当な場所に撒くという、計画ともいえないイメージを持ってここまでやってきていた。目立つ木や岩など、なにかすこし目印になるものがある場所が見つかれば望ましかった。

父の飲酒がひどくなる直前、たしかこの小屋に家族で訪れた最後の晩夏に、父と二人で裏山を散策した記憶が、おぼろげに残っていた。夕食後に懐中電灯を持って、昼のうちに蜜を塗っておいた木を見に行くと、カブトムシが雌雄揃ってとまっていた。緑色のプラスチックの虫かごを首から下げていたが、放っておいてやろうという父の言葉にしたがって、そのままにした。そこまで思い出すと、その後の記憶が連なってよみがえってくる。小屋に戻ると、空の虫かごを見た母親が、虫は集まっていなかったのかと彼に聞いた。カブトムシの雄と雌がいたけど、捕まえないでおいた。ええ、もったいない、そう言って母が父親を見ると、父親はもう冷蔵庫から缶ビールを取り出して、ソファのほうに向かっていた。父は、銀色の缶のビールをまずそうに啜った。まずそうにしているのに、缶をテーブルに置くことなく手に持ちつづけて、絶えず口に運んでいるのが、幼い彼の目に不思議に映った。

雪山を登ったことはないが、なにも頂上を目指すわけではない。ほんのすこしだけ登っていって、適した場所を見つけたらすぐに撤いて下山すればいいと、窓外に立ち並ぶ冠雪した木々を眺めながら思った。

そうした軽い考えは、思いがけないほどつよい言葉で叱られた。バスで二十分ほどの街にある、スポーツ用品店でのことだった。人から叱られるのは、小学生のとき以来だと彼は思った。手頃な値段のトレッキングシューズ一足、厚手の手袋一組、雪に反射する陽光を遮るサングラス。それだけあれば足りると思い、レジに持って行った。店員の女性は彼の服装を上から下まで眺めて、学生さん？　と声をかけてきた。問われるままに、当たり障りのないよう、母についての事情を隠して話した。登山経験はないが、べつに山頂を目指すわけではなく、小屋の裏手にある山をすこしだけ登りたい。開けた場所を見つけて、そこで写真を撮りたいと思っている。

するとは店員は、うちでは絶対に売れませんと、声量こそ抑えつつも、厳しい口調で彼に言った。そのやりとりが聞こえてか、店主と思われる体格のいい初老の男性が店の奥から出てきた。話すなかで、その男性と店員の女性とは、親子であることがわかった。

今度は店主から事情を問われ、困ったことになったと思いながら、先ほどよりも詳しく、ことの次第を話した。亡くなった母の遺した小屋を売り払ってしまう前に、ひとりで訪れてみた。小屋の中で過ごすうちに、付近の山道を辿ってみたいと思いついた。登頂が目的ではないし、すこし見晴らしのよい場所を見つければそこで引き返すつもりだったので、大した装備は必要ないと思っていた。店主は、こちらがたじろぐほど真剣な顔つきで話を聞いた。彼は、遺骨のことまでは話さなかった。

気づけば、この週末に店員の女性の付き添いで裏の山を登ることになっていた。彼は固辞したが、店主たちは、そう約束せずには帰さないと言わんばかりだった。シューズと手袋だけ購入し、その他のサングラス、バックパック、アイゼン、ピッケルは、店主のものを借りることになった。彼が不器用に感謝を伝えると、店主はあしらうように手を振りながら、店の奥へと引っ込んでいった。

やすやすと進んでいけるような道は、想像していたよりもずっとはやい段階で終わった。そこから先は、ふくらはぎの高さほどある新雪に埋もれていて、前の登山客たちが残した足跡のおかげでようやく登山道であることがわかるといった具合だった。店であれほどつよく叱られた理由も、そのときにはもう理解できた。彼女が踏みしめる雪の跡をなるべく同じように辿って彼は登った。

父と母もかつてこのようにして山を登っていたのだと聞いたことがあった。冬山も一度ならず登ったと、母が話していたのを彼は覚えていた。忍耐強い母が黙々と山を登る姿は想像できたが、父となると話がちがった。苦しい思いをしててっぺんまで登りきることはない、疲れたらそこで引き返せばいい、ここまででじゅうぶん楽しんだじゃないか。そんな風に言いだす父親の姿ならば、容易に思い浮かべることができた。

根気がないのとはすこしちがった。息子から見た父は、何事によらず、執着心というものを持たなかった。もしかしたら、それは家族に対しても同じだったのかもしれない。時おり、彼はそう考えた。ともかく父はあるとき、山を登るその途中で突如振り返って、母と自分を残し、わけも話さぬままに下山の道を選んだ。そのことを恨んでいるかどうか、彼は自分でもよくわからなかった。父との別れによって生じたストレスと、母が苦しんだ病とは、関わりがあっただろうか。そう頭をよぎることもあった。関係はあったかもしれないし、なかったかもしれない。病や死の因果は考え出すときりがなく、また考えるほどに現実感が失われていった。どこに辿りつくことができるわけでもなく、月の裏側の景色を思い浮かべるような、そんな途方もない感覚だけがあとに残った。

やや急な斜面を登りきったところで、すこし休憩しましょうと言って彼女は立ち止まった。バックパックを前に回して、魔法瓶を取り出す。蓋に注いだ珈琲が、おどるような湯気を立てている。差し出した蓋を彼が受け取ると、彼女は尋ねた。もうすこし登れそう？　はい、と彼が答えると、すこし先を指差して言う。雪に覆われてしまっているけれど、あそこに立っている杭には四合目と書かれているの。彼は、これまでの道のりで何度か似たような杭を見かけたことを思い出す。六合目までは、この調子で三十分もあれば登れる。開けた場所に行きたいというなら、そのあたりにちょうどいい場所を知っている。その先の七、八合目はアイゼンが活躍するようなすこし険しい道になるけれど、そこを抜ければ、ほとんど山頂みたいなもの。あなたは体力があるみたいだから、もし気が向きさえすれば、登頂するのは難しいことじゃない。どうしたい？

彼は、その質問に考え込む。どうしたいかを問われるとうまく答えることができないのは、幼い頃からのことだった。休日にどこに出かけたいか。誕生日のプレゼントになにが欲しいか。そう問われるたびに悩んでばかりいて、結局は親が決めたものを受けとることになった。ほんとうに欲しいものは、いつもそれを受け取ったあとで思いついた。

ホワイトウイングスも、もともとはそのようにしてもらったプレゼントのひとつだった。九歳の誕生日プレゼントは、数百円のその紙飛行機と、それを塗装するための十二色のエナメル絵の具だった。週末ごとに父親と一緒に河原や公園に出かけて、ホワイトウイングスを飛ばした。もとは平べったい型紙だった飛行機が、何十秒も飛ぶことに興奮した。

この一面の白の世界で、もしあの飛行機を飛ばしたらと彼は夢想した。風は機体を麓近くまで運んでいくのではないだろうか。遠ざかっていく小さな白い点を目で追いながら、一、二、三と飛行時間を口に出して数え、やがて見失ってしまう、その光景を思い浮かべた。

母と一緒に酒を飲んだことが一度だけあった。病のことがわかるよりも前、はじめてできたガールフレンドと別れた直後のことだった。荷物を取りにいくかなにかの用事で、大学に入るまで母と二人で住んでいたマンションへと向かう途中、駅からの道でばったり母と会った。夕食がてら、個人経営の居酒屋に入り、母は瓶ビールを一本頼むと、内緒だけどねと言って、ふたつのグラスに注いだ。二十歳の誕生日を迎えるよりも前のことだった。

同性の友人たちと比べると、身のまわりのさまざまな出来事を母親によく話していた。彼女ができたこと、別れたこと。部活動でうまくいったことや、あるいは理不尽に感じること。母はどんな話題に対しても、驚いたり、顔をしかめたりといった反応は見せるが、助言やまして説教のようなことは、一切言わなかった。むしろこちらが真剣な調子で話していても、途中までは相槌を打っているのだが、最後は軽口を言って茶化すのだった。それを腹立たしく思ったことはなかった。だらだらと水が流れる蛇口を締めてもらえたような、そんな気にさせられた。

その夜、どういった流れだったか覚えていないが、母と父の話になった。母さんと父さんがダメになって、という表現を彼がしたとき、めずらしく母が話に割って入った。べつにダメになったわけじゃないって、近頃思うのよ。どういうこと？　母の言いたいことがわからず、そう問い返した。

出会って、家庭を持って、そうしてどちらかが死ぬまで添い遂げることができたら、もちろんそれはひとつの、喜ばしいかたちだと思う。わたしたちは、そうはならなかった。でもね、と母がつづけようとしたところで、野菜と豚バラの黒酢あんかけの皿を、店員がテーブルに置いた。母は自分のぶんを小皿に取り、あとはあなたが食べなさいと言って、皿をこちらに寄せた。

それで？　そう促すと、母は話をつづける。わたしの育った家族は、そのかたちに拘りつづけたことで、結果としてお互いを苦しめた。物心がついたときには両親は喧嘩ばかりしていて、思春期には姉やわたしもそこに加わるようになった。もっと事態が悪くなると、もはや喧嘩にさえならずに、お互いを憎いという思いばかりが胸のうちに溜まっていった。

あのとき、ああ言えばよかった。あのとき、こう言ってくれたらよかった。若い頃はそんなふうにいろんな仮定を思い浮かべていたけれど、いまはちがうことを考える。あんなことになる前に、互いに距離を、時間を置くことができていたら。もしそれができていたら、ちがう目線で相手のことを、そして自分自身を見つめられたかもしれないと、そう思うのよ。

あなたに負担をかけないような、もっとうまい方法はあったかもしれない。けれど、あのとき別れたことへの後悔はないの。不本意な顚末ではあっても、わたしたちは憎み合って別れたわけではない。あなたのお父さんとわたしにとって、きっとこれもまたふさわしいかたちのひとつだったのだと、そんなふうに思う。

そこまでつづけて母は、若い頃の父は腰まで髪を伸ばしたヒッピーだったのだと、話題を変えた。父が組んでいたフォークバンドの名前を、長い時間をかけて思い出した。「丸の中の四角」。あんなに大人しいひとが、社会に対して激しく喚き散らすような歌を作っていたのだと、ビールで顔を赤らめて母は話していた。

あのとき、母は酔った勢いか、父と別れた以降に生じた自身の恋愛についてはじめて話した。息子として気恥ずかしさを覚えつつも、まるで大学の先輩のように母親と恋愛について話せることの新鮮さを楽しんだ。親子においてもこんなふうにして、時とともに関係が新たになることがあるのかと驚いた。

もし、わたしやあなたのお父さんが、いい年寄りになったとして。あの晩、母はそんなふうに将来のことを語って、自分の話を終わらせた。なにかの機会にあのひとに会ったとしても、笑って握手できると思う。それはきっと、ダメになったということにはならないんじゃないかな。

登ってみたい。彼女の問いかけに、あのときどうしてかそのように答えていた。外気に触れている頬は痛いほど冷たく、一方で、かれこれ二時間近く足を進めつづけたからだは熱を発していて、分厚いブーツや手袋のなか、インナーシャツにも、じっとりと汗が滲んでいた。

しかし、乱れた息で吸い込む空気は、驚くほど新鮮な活力を与えてくれた。景色は一面雪の白色で覆われているが、岩や木々がなす凹凸に陽光が差して生まれる陰影は、街の極彩色のネオンよりもよほど能弁に、その下に隠すものの存在をあらわしていた。知覚するすべてのことが、彼の内面を遠くまで運んできていた。大学の教室でテストを受けていた一週間前の地点からずっと遠く、その遠さは、列車とバスで辿った物理的な距離とは比べ物にならなかった。

山頂に辿り着いて、呆然と山下の景色を眺める彼に、彼女は尋ねた。命を捨てようという気はなくなった?

彼は面食らった。彼女とその父は、彼が死ぬつもりで山を登るのにちがいないと、端《はな》から決めつけていたのだった。せめて、この土地にいるあいだだけは思いとどまらせるようにと、山に登って降りるのを見届けることを、彼女は父親から言いつけられていた。彼は山梨にやって来てから、はじめて声を出して笑った。笑ったあと、店では話さなかった母の遺骨について、彼女に話した。彼の話を聞くその目は、彼女の父親がそうするときと瓜二つだった。

彼女の案内で、七合目の登山道からわきに入った先にある雪原へと向かった。雪原の端は低い崖のようになっており、そこからは、白く覆われたシラビソが茂る広い林が見渡せた。ここならいいと、彼は口に出さず思った。

彼はリュックから、母の遺骨が入った袋を取り出した。分厚い手袋を外すと、彼女がそれを持っていてくれた。左手に袋を持ち右の手のひらに骨を出すと、半分ほどで片手がいっぱいになってしまった。粉になった骨は、彼が宙に放つ前から、風に吹かれてすこしずつ、手のひらから零れ落ちていった。飛行機雲のように白い筋となって伸びた粉は、すぐあとにはもう霧散して、目で追うこともできなくなった。

宙に放つ前に、彼は一度だけ、強く、その骨の粉を強く握った。握ると、粉は手の中できしむような音をたてた。そうして彼は手を開いて、風が粉をさらうままにした。

残りの粉を手のひらに出して、再び強く握り、そして放す。風に舞い上がる粉雪のようにして、骨は散り散りに飛んでいく。彼は胸のうちで、静かに秒数を刻んでいた。一、二、三。母親の骨はやがてすべて、白銀の世界へとまぎれていった。

5

菌によって肺が炎症を起こし、組織が硬くなって、酸素を取り込みづらくなっているのだろう。医師は次第に下がってゆく血中酸素濃度の数値について、そのように説明した。そのことが、損なわれつつある脳が回復するわずかな可能性を奪っていくということは、説明を受けずとも理解できた。酸素さえ巡っていれば、脳の組織は徐々に回復していく。そうした症例が実際にあるのだと、家族は知人から聞かされていた。奇跡の回復と称される、どこの誰のものとも知れないそんな例だけが、家族がすがりつく最後の希望になっていた。

だからこそ、モニターに映る数値が下がってくると弟は、姉がより深く息を吐けるようにと、そしてより多くの息を吸えるようにと、心臓マッサージに近い要領で、ゆっくりと胸を押しつづけた。姉のからだはもはや自発的な呼吸を行っておらず、最新の人工呼吸器によって規則的に酸素が送り込まれていた。そうして胸を押すことで呼吸を手伝ってみると、モニターの数値はいっとき改善した。だからと言って回復の見込みがほとんどないことは、胸を押す弟も、それを見守る両親もわかっていた。わかってなお、目の前の数値にすがるのをやめることができなかった。

半世紀以上が経ってもまだ、男の腕にはそのときの感触が残っていた。夜中に目が覚めて、用を足して布団に入ったときなどに、両手を伸ばして宙を押してみることがあった。あのとき、炎症によって硬くなりつつあるという肺に直接ふれてほぐすことができないのをもどかしく思いながら、この手で死にゆく姉の胸を繰り返し、繰り返し押した。結局、姉が目を覚ますことはなかった。医師が驚くほど辛抱強く脈を打ちつづけた心臓は、それでも十三日目の夜にだんだんとその動きを緩めていった。血中酸素濃度の数値と競い合うようにして心拍の値が下がり、やがてテレビドラマのなかで流れるのと同じ、けたたましい電子音が鳴った。

心肺蘇生を行わないことは、事前に医師と話して決めていた。ダメか、と父がつぶやくのが聞こえた。苦しみの声ひとつあげることなく、姉の命は尽きた。胸を押し、呼吸を助けることで、命がこぼれ落ちていくのを必死で留めているつもりでいた。しかし、所詮それは身ひとつで河川をせき止めるようなものだったのだと、最期の瞬間が訪れてようやくわかった。母はそのときが来るまでベッド際で、姉の名前を繰り返し口にしながら、腕や足をさすりつづけた。十三日もの間、いわゆる植物状態で臥せっていた姉の手足は、はちきれそうなほどにむくんでいた。

食卓には、開封済みの封筒と、珈琲が半分ほど残ったマグカップが置かれている。狭い部屋のなかを行き来するたびに、その手紙が男の目に入った。押されたスタンプの数から、手紙がいくつかの土地を経由してここに届いたのだということがわかる。それは、デンマークに移住した息子とその家族から送られてきた手紙だった。

手紙には、数枚の写真が同封されていた。息子とその妻、そして孫娘が写ったもの。半年に二、三度届く手紙には、いつも家族写真が添えられていた。それらのほとんどが、深い森や河原、ときたま海岸の荒々しい岩場といった、むき出しの自然と呼べそうな場所で写されたもので、かなり険しく見える山中の写真に七歳の孫娘が写っていたときには驚いた。登山は息子夫婦のみならず、孫娘にとっても楽しむべき趣味となっているようだった。

息子たちから届く写真と便箋はすべて、食卓のわきに置いた木製のレターボックスにしまっていた。男はメールも使うことができたが、息子家族とのやりとりは、ほとんどが手紙で行われた。写真を仕事とする息子の妻がフィルムカメラで撮影したものをプリントして同封できることも理由のひとつだったが、それ以上に、男と息子との間柄には、手紙という方法が馴染んだ。過去の相手から届き、未来の相手へと送る。そのように時間を隔てることは、相手の存在をどこかおぼろにさせた。おぼろであるからこそ綴ることのできる言葉があるのだと思えた。

手紙を順に読み返せば、息子たちが異国の地で幸福な日常を積み重ねていった、そのたしかな軌跡を辿ることができた。男には、それが慰めになった。思春期に父親である自分が去り、その後、母親とも死別してしまった息子が、妻と娘に恵まれ、カメラに笑顔を向けていること。こうして写真を手に取り眺めることができるのは、自分には分不相応のよろこびだと、男は感じていた。

今回届いた手紙に綴られていた内容。男はそれを、この二日間でほとんどそらんじることができるようになっていた。年始の挨拶、北欧の新年の様子や、孫娘に関する些細な日常のエピソード。息子の妻が綴ったそれらのあとに、息子の筆跡がつづいていた。

こっちに来て、一緒に暮らさないか。手紙には、具体的にそれが可能だという説明が長々と書かれていた。空いている部屋があること、発給されるはずのビザのこと、仕事で家を空けがちな息子夫婦、そして娘にとっても、男がいてくれたほうが助かるのだということ。はっきりと書かれてはいないが、息子が男の年齢のことを考えているのは明白だった。息子は、自分の最期を看取ろうとしているのだ。


かつてのクリスマスイブ、キリスト教系のその大学病院では、看護学生が病棟を回って賛美歌をうたった。一般病棟から救命病棟へと廊下を渡ってやってくる彼女たちの歌声に、二十歳だった男の目から自然と涙がこぼれた。グローリア、グローリア。信心深いわけではなかった。賛美歌でなくても、もしかしたら歌である必要もなかったのかもしれない。ただ、自分はどこかで涙を流すきっかけを求めていたのだと、そのとき気がついた。

涙を流している事実は、自分自身を安堵させた。死にかけている姉を前にして、涙も流さず平静を保っていることのほうが、よほど不自然なように思えた。取り乱さないのはむしろ姉に対する裏切りだと感じた。もし自分が裏切ってしまえば、洞窟の奥深くに迷い込んだ姉は、もう二度と戻らなくなるのではないか。そんな迷信めいた考えで、目前にせまる姉の死を遠ざけたかったのかもしれない。悲しみの手前に戸惑いがあり、千々に乱れる思いがやがて静かな流れへと変わるには、長い時間を要するということが、あの頃はまだわからなかった。

午前十時になると、一家は車で十分ほどの場所にあるその病院に通った。夜八時に面会時間が終わるまで一家は病室を離れなかったが、誰であれ、何時間そこにいたところで、できることはほとんどなかった。むくんだ手足をさすること、乾燥した肌にクリームを塗ってやること、髪をとかしてやること。髪に櫛が引っかかっても、姉が痛いと叫ぶことはなかった。

姉の夫は昼過ぎにやってきて、八時になると帰っていった。病室にはあまりおらずに、落ち着かなげに廊下を行き来して過ごしていた。仕事の用があるのか、公衆電話でどこかへ連絡を取っていることもあった。

あの日、姉は体調が悪いと言って実家に帰ってきていた。そして自室で横になる直前に、用量を大幅にこえた薬を飲んだ。姉が薬を飲んでから弟が異変に気づくまでに、おそらく三十分ほどの時間が経っていただろうと医師は推測した。あとになって、弟はその三十分のあいだに自分はなにをしていたか、記憶を細部まで探った。部屋に入って一瞬立ち尽くしたあと、横たわる姉の肩を揺さぶるその前は？　姉に飲ませようとほうじ茶を淹れるその前は？　翌日遊びに出かける約束をしていた友人の住む下宿に電話をかけるその前は？　ベッドに寝転びながら漫画を読んでいたその前は？

　そう、その直前のことを、弟は何十年経っても、しきりに思い出すことになった。そのとき弟は、実家に帰ってきた姉と玄関で顔を合わせた。どうしたの？　弟がそう聞くと、姉は力なく、気分が悪いのだと言った。そうか。それが、自室へと向かう姉に対して、弟が口にした最後の言葉だった。

　自分がただそれしか言わずに、部屋に向かう姉を見送ったことが信じられなかった。あのとき姉の顔には当然、不調以上のなにかを教える影がかかっていたはずだった。それを見落とし、深刻ではないと決めこんで、そうか、というただひと言だけを自分は返した。

　揺さぶった姉から何の反応も得られないことがわかった直後、弟は生まれて初めて救急車を呼んでいた。学校かどこかで習った記憶を探りながら、心臓マッサージと人工呼吸を行った。救急車が到着するまでに、七分かかった。車両に運び込むまでに四分。それから、病院に到着するまで八分ほど。意味はないとわかっていても、あとになってからそれらの時間を、弟は何度も繰り返し計算した。

男は、狭い居間に不似合いの大柄な一人掛けソファに腰を下ろしている。ひび割れてざらざらとした感触のえび茶色の皮革を、手のひらでなぞる。もともとは、男の父親が好んで腰かけていたソファだった。親戚中の有言無言の反発を受けながら、実家を土地もろとも売り払った際、廃棄せずにこの部屋に運んだ数少ない家具のひとつだった。

実家を売ることにためらいはなかった。男が定期的に訪れて最低限の手入れをするほかは、誰が住まうこともない家だったのだ。実家に戻るとともに家業の商店を継ぐことを男に長く求めていた両親は、もうずっと前に鬼籍に入っていた。こっちに戻るよりも、東京で働いていたほうがいいかもしれないな。男の父親がそうこぼしたのは、八〇年代の終わり、近隣に大型スーパーができて商店の経営が傾きだしてからのことだった。その言葉のとおり、男が実家に戻ることはないまま、父が去り、母が去った。せめて時期を選べばもっと高く売れるのにとなじる親戚もいたが、なりふりかまっている場合ではなかった。

連絡を受けたのは、別れた妻の姉からだった。妹が厄介な病にかかり、医療費がかさんでいる。慰謝料や養育費を毎月払っている男に頼る義理ではないかもしれないが、どうにか援助してもらえないか。

男はひとまず、細々と貯蓄していた金のほとんどを渡した。その後、長引くかもしれない治療のために、また大学生の息子の残りの学費にあてるために、実家を売り払う手続きをはじめた。かねてより隣家の飲食店から、駐車場の用地として売ってくれないかと打診されていた。話はすぐさま決まった。売却費の一部がようやく振り込まれた、その翌日だった。別れた妻が危篤状態にあることを、彼女の姉から知らされた。慌てて駆けつけたときすでに意識はなく、その晩のうちに、彼女の心臓は動きを止めた。

話ができるうちに一度だけ、男は病室を訪れた。黙っていてほしいと彼女の姉に託《ことづ》けていた援助のことを察したのだろう、挨拶するよりも先に彼女は、そのことへの感謝を口にした。

それから、世間話のような当たり障りのないことばかり話した。親切にしてくれる医師の話、息子が差し入れてくれたオーストリアの作家の小説の内容、窓の外の梢にやってくる鳥の種類、廊下の壁に飾ってある絵画について。彼女は病状を詳しく語らなかった。悪いみたいなのよね。翌日の天気の話でもするかのように、何気ない口ぶりでそうつぶやいた。

ソファに沈み込んだまま、眠りに落ちそうになっている自分に気づく。時刻はまだ夕方にもなっていないが、冬の陽はすでに傾きはじめていた。日中に眠ってしまうと夜に寝付けなくなるため、男は座ったまま伸びをして、重いからだをなんとか立ち上がらせる。首から後頭部にかけて、熱いなにかが通り過ぎた感覚とともに、すこしの目眩《めまい》を覚える。転倒しないようにソファの背に手をかけてじっとしていると、視界はゆっくりと戻ってきた。

食卓に置き放しにしていたマグカップを、流しで洗う。水道水の冷たさに、ようやくはっきりと目が覚めた。すると今度は手洗いに行きたくなる。動きは鈍いくせにせわしないからだになったと、わがことながら疎ましかった。

別れた妻はあの日、握手、とつぶやいて、病室を去ろうとする男に向かって右手を差し出した。華奢なのは若い頃からのことだったが、軒下にできた小さな氷柱のようなその手の細さには、胸が痛んだ。陽光のもとにさらされたら、すぐにでも溶けてなくなってしまいそうだった。

動揺を悟られまいと、別れた妻の手を、何気ない様子を装って握った。握りながら、亡くなる直前の姉のむくんだ手の記憶がよぎった。死に向かいながらふくれていく手もあれば、痩せ細っていく手もある。たったひと言を伝えることが叶わない別れもあれば、世間話を交わすような別れもある。あるいは、どのような別れも、伝えるべきことすべてをあますず伝えることなど叶わない点では、同じであるのかもしれなかった。

別れた妻と握手をしながら、姉を亡くして以来、何度となくよぎった疑問がまた浮かんだ。どうして、自分ではないのだろう。どうしていつも自分は、手を握って見送る側に立っているのだろう。

だが、もうすぐ自分の順番が来る。老いた男は、そのことを慰めのように思う。あるときから手帳に挟んで携えてきた、別れた妻や姉の写真を取り出して眺めながら、近い将来に訪れる自らの死を思い浮かべる。祈る神を持たず、あやまちの償いになるわけでもなかったが、こうして男は時折、写真に向けて、声には出さずなにごとかを語りかけてきた。それが、男にできる悼《いた》みだった。

日が傾きだすとようやく一日が終わっていくと感じるが、時計を見るとまだ四時すぎだった。デンマークの冬は、さらに日照時間が短いのだという。男は、手紙の返事を書く決心を固めて、テレビ台にしまっていた便箋と万年筆を持って、食卓についた。

息子は、幼い頃から多くを語ることなく、自らで決めたことに黙々と取り組む子どもだった。親として甘えられた記憶はほとんどない。別れて暮らすようになってからは、なおさらのことだった。母親を亡くして以降も、息子は大学の転部、就職、結婚、転職に伴う海外赴任といった転機を、取り立てて苦労する顔を見せることなく、たんたんと過ごしてきた。息子はいったいどんなふうにしてこれまでの穏やかならざる人生を受け止めてきたのか。立ち止まる背を押してやれるような父親にはなれなかったと、男は思う。

明確に思い出すことができるのは、小学校低学年の頃の息子だ。仕事に余裕のあったあの頃、休日はよく二人で遊んだ。いっときは車で十分ほどの場所にあった市民プールに、毎週のように通った。息子が喜んだのは、男が息子をおぶったまま、水中に潜ってはジャンプするのを繰り返す遊びだった。跳ねるたびに、耳のすぐ後ろで笑う息子の声を聞いた。妻も一緒のときには、そのまま近隣のレストランで昼食をとった。いつも決まった店で、息子は俵型のハッシュドポテトを気に入ってよく食べた。帰りの車に乗ると、息子は一分と経たずに深く寝入った。マンションの駐車場に着いてから、起こさないよう慎重に息子のからだを抱え上げて、部屋のベッドまで運んだ。

二人してテレビゲームに熱中したこともあった。難しいロールプレイングゲームを一緒になって進めた。覚えがはやい息子は、教えてやるとあっという間に、男よりも上手に敵と戦うようになった。あるとき息子が、周りの子はゲームを買ってもらえない子が多い、ましてやゲームをする父親はいないと言った。暇なお父さんだと得なのよという妻の言葉に、三人で笑った。ゲームのエンディングに辿り着いたとき、二人でテレビ画面の前に並んで写真を撮ったことを覚えている。

息子からの手紙を読むまですっかり忘れていたのは、ホワイトウイングスのことだ。いっとき、ホームセンターで見つけた組み立て式の紙飛行機を作るのに、ずいぶん凝ったことがあった。うまくつくれば一分近く飛ぶんですよと店員から説明されたときには半信半疑だったが、一機、二機と作っていくうちにその精度はあがっていって、三十秒を超えたときには驚いた。もう墜落する、と見ていて思うのだが、機体は不思議と、下降と上昇を何度も繰り返すのだった。

ホワイトウイングスのことを思い出してようやく、あの男ともう一度会ったのは、ある年の盆、息子と一緒に河原にいたときのことだったのだと合点がいった。

それまで、そのときに会った男の風貌と言葉からなる断片だけが頭の片隅に残っていて、それがいつどこで起きたことだったのか、すっかり記憶から抜け落ちていた。もしかするとあれは、自分が勝手に作り出したイメージであって、ほんとうは再会などしていないのではないかとも、幾度も考えた。イメージは長い間、かまいたちに斬られた、覚えのない傷あとのようなものだった。

きみもぼくも、幸せにならなくちゃいけないな。そう言ったあの男の声色。自分を通り越して、ずっと遠くを見ているような瞳。そのとき見ていた、あの男の首筋にあった目立つ大きさのほくろの色まで、画用紙を渡されれば描くことができるほどに、はっきりと記憶に残っていた。それは男にとって、自分の胸に突き立てられたナイフの刃の閃《ひらめ》きを、いつまでも鮮明に覚えていることと同じだった。

ずっとあとになって、あのときの自分は過剰に感傷的で、被害者意識が強すぎたのだと省みることもあった。しかし、あの日のあの瞬間がきっかけで、自分の生活が、こころが崩れていってしまったのはたしかだった。あのときに覚えた、というよりもあのときになってようやく自覚した憎しみの感情と、同時にその安直な憎しみを恥じるような気持ち。あの男、姉の夫であった男が口にした言葉は、まちがっていなかったと思う。きみもぼくも、幸せにならなくちゃいけない。

姉は夫を殺すのではなく、自らの命を仕舞った。恨みの言葉ひとつ残すこともなかった。それは姉が最期に示した、ひとつの姿勢だったと思う。しかし、なればこそ、姉が飲み込んだままにした屈託を、自分は抱えたまま生きたいと思った。その気持ちが自分を、生涯にわたり頑なにさせた。愚かにも、家族を半ば失ってまで。しかし。そう、このしかしという言葉が、飛蚊症の目に映る黒点のようについてまわった。姉と自分とは同じぜんそくという、苦しみをこそ分かち合って育ったきょうだいだったのだ。

便箋の一枚目にはいつも、藍色のインクを詰めた万年筆を使って、簡単なイラストを描いた。近所の珈琲屋のつねに不機嫌な店主。散歩中に見かけた「迷いインコ、探しています」という電柱の張り紙。居間の窓から見える四季折々の景色。イラストを見て孫娘が喜んでいるのだと、息子の妻が以前、電話で伝えてくれた。五十を間近に印刷会社を辞めてからは、このイラストで生計を立ててきた。一般の書店にはあまり置かれないようないくつかの専門誌に、高いとはいえないギャランティの挿絵を描くことで、ひとりでつつましく暮らすぶんは、なんとか稼ぐことができた。今回の手紙には、吹雪のなかでこごえながら歩く、腰の曲がった老人を描いた。一度描き上げたあとで、男の歩く道の先に、小さな煉瓦造の家を描き足した。

文面はいつも簡潔に済ませた。小さな挿絵を描くことよりも、長い文章を書くことのほうが、男の震える手には難しくなっていた。手紙をありがとう。そう書きはじめて、あとは用件だけを並べた。一度、書き間違いをして便箋を無駄にした。次は間違えることなく書ききったが、読み返して思うところがあり、その便箋も破って捨てた。三度目に書いた便箋を、読み返してしまったらもう投函できなくなると感じて、半分に折り、絵を描いた便箋とともに封筒にしまった。スティックのりを使って封をして、必要な分の切手を貼り、テーブルの上に投げ出す。宛名を書いていないことに気がついたが、中の便箋に沁みるといけないので、万年筆ではなくボールペンで書くことにする。

通りに出ると、日が暮れて薄暗くなった街路に、ちょうど灯がともったところだった。等間隔に並ぶ街灯が揃って灯るその光景は、飛行場の滑走路を思わせた。なにか得をしたような気分で、コンクリート塀に挟まれた細い住宅路を歩き出す。手には封筒と部屋の鍵だけを携えていた。コートは羽織ってきたものの、横着してマフラーを巻いてこなかったことを後悔した。暖房の効いた部屋のなかにいて気がつかなかったが、今夜はいちだんと気温が下がっているようだった。空にはくっきりとした星が見えていた。

離婚してまだ間もない時期、星座のことなどあまり知らずに、マンションのベランダで夜空をよく見上げていた。もっと昔、子どもの頃にぜんそくの発作で臥せっていたときにも、窓から覗ける範囲の狭い星空をぼんやりと眺めていた。そうして星から星へと視線を辿らせるとき、きらめく星々のあいだを、猛スピードで滑空するさまを想像したことを思い出す。宇宙空間に吹く凍てつくほどに冷たい風を肌で受け、さらにその風が口から肺を満たすことで、ぜんそくで狭まった気管支がいっぺんに広がっていく感覚を夢想した。ずっと後になって、宇宙空間に風はほとんど吹かないのだと学校の授業で習った。また、恒星はどれも太陽のように燃えさかっている、ひとが近づくことを許さない光なのだということも。

ただ歩いているだけでも息が切れるので、たびたび立ち止まり、呼吸を整えなければならない。ポストは、あと百メートルほど進むとぶつかる大通り沿いにある。そこにこの手紙を投函すれば、明日には郵便局の車が回収にやってきて、十日とかからずデンマークの息子たちのもとへと届くだろう。

写真でしか見たことのない息子の家で、この封筒が開かれるさまを想像する。リビングには、友人の家具職人が作ってくれたという大ぶりなテーブルが置かれているのを、いつか送られてきた写真で見たことがあった。

手紙は、息子が開くだろうか。それとも妻が目を通してから、息子に手渡すだろうか。イラストを描いた便箋を小さな手に持つ、孫娘の姿を想像する。するとなぜだか、いまはもういなくなったひとたちまでその部屋にいるイメージが、男の頭に浮かんできた。まだ若かった頃の両親。姉。そして、別れた妻。孫娘とは会うこともなく、この世を去っていったひとびと。しかし、そこに自分が加わっているイメージは、どうにもかたちづくることができなかった。

見上げると、夜空に満ちかけの月が二つ浮かんでいた。月は強烈に輝いて見えて、まるで対向車線から迫ってくる車のヘッドライトのようだった。思わず目を閉じて、再び目を開くと、今度は何も見えなくなっていた。二つの月も、それらを飾るように散らばっていた、小さな星々も。激しい頭痛のなかで、何も見えず、何も聞こえず、いま自分が立っているのかどうかさえわからなかった。顔、腕、足。それぞれ個別の感覚が失われていって、まるで自分のからだが、水を入れて口を縛ったビニール袋になってしまったように感じられた。

かろうじて、右手にまだ封筒を持っていることだけがわかった。長い時間をかけて描いたイラストと、さらに長い時間をかけて綴った短い言葉が、そこには記されていた。紙の封筒のざらつきをたしかめるように、男の指先が震える。やがてその細かな震えさえ止まると、男の指が動くことはもうなかった。

6

廊下にかかっているあの絵を描いたのは、どんなかたですか。回診にやってきた医師に尋ねると、彼女はすこし驚いた顔を見せた。入院してから二週間のあいだ、問診のたびに欠かさずなされる、なにか困ったことはありませんかという問いかけに女がはっきりと返答したことは、それまでなかった。画家についてことさら知りたかったわけではなく、ふと浮かんだ疑問を口にしてみただけのことだった。もしかしたら、誰かとなにかを話したいという気持ちがあったのかもしれないと、あとになって女は思い返した。

驚いていたのはほんの一瞬のあいだで、医師はすぐさま、治療について説明するときと同じよどみない口調で、その絵の作者について話した。数年前まで隣町の公立中学校で美術教師として勤めていた画家によるもので、彼の作品は毎年のように、上野にある美術館でも展示されるのだということ。画家がかつてここで母親を看取った縁から、このホスピスが改装された五年前、あの絵が寄贈されたこと。数ページだが彼のこれまでの作品や来歴を特集した美術雑誌を持っているので、それを見たらよくわかるかもしれない。明日の回診のときに持ってくると、気づけば医師は自ら請け合っていた。

あの絵は好きですか？　医師のその質問に女は、うまく答えることができなかった。毎日通りがかりに眺めているが、ときどきによって不思議と印象の変わる絵だった。

はじめはありふれた風景画のように感じたが、色彩や構図に注目してみると、興味深く思えるときもあった。岩絵の具を用いた日本画の技法で描かれた絵画は、深い谷あいのような場所に細い河川が描かれていて、川の向こう側は豊かな陽光に照らされて明るく、手前側は薄暗い。残酷だと感じるときもあれば、その奥底に温情が見出せるときもあった。かと思えばその翌日には、ただ自分がそうであってほしいと願っているだけに思えて、目を伏せながら廊下を通り過ぎたこともあった。

それでも、誰に問われるでもなくこれだけあれこれ考えているわけだから、気に入っているのかもしれない。女がそうひとりごつようにして話し終えると、医師は声を立てて笑った。こんなことになってから自分が笑うことも少なくなったが、ひとを笑わせることはもっと少なくなっていたと、医師の笑い声を聞いて気がついた。

寝不足ですか？　ひとからそう声をかけられることが立てつづいた時期から、ひと月ほどして検診を受けた。幼い頃からよくギョロ目とからかわれ、疲れが溜まっていようといまいと目の下のくまが目立つのは昔からのことだった。それからの数ヶ月は、検査と治療からなる時間割にしたがう日々がつづいた。働きだしたばかりの新入社員のようにわけもわからぬまま慌ただしく、上司の顔色を窺うみたいにして、検査結果を見る医師の様子に注意を払った。

このホスピスに辿り着くまでに、いくつかの判断を、姉と息子と話し合って下した。なにかを隠し立てして先回りして決めることはやめてほしいと、早い段階で二人には伝えていた。絶対に治すから心配しないでと空元気を装うことで周囲を安堵させようとしたり、反対に、わたしが死んだらという仮定を口にすることで、それをもう受け入れたと示したいような気持ちに駆られることもあった。曖昧であることがなにより苦しかった。誰に言っても共感されないだろうと思い口にしないが、その苦しさは恋愛とも似ていた。真意が示されないために、根拠のない想像ばかり膨らませて、過度な心配をも抱え込む。自分の一挙一動が相手の気持ちを動かすのと同じように、生死の可能性もまた左右していくかもしれないと思うと、気が重くなった。定められた運命のようなものがあって、すでに結末が決まっていたらいいと感じることもあった。

廊下の絵画をきっかけに、五歳年下の女性のその医師と、ほとんど毎日、そう長い時間ではないが言葉をかわすようになった。

その頃、一日のあいだに過ごしていた時間は、三つに分けることができた。薬の影響で意識に靄がかかり、ただ臥せっているばかりの時間。姉や息子が面会にきている間の、気張っている時間。比較的はっきりと意識を保ったまま、本を読んだり、物事を考えたりする余裕のある、わずかな時間。医師とは、その三つめの時間を、ただ話したり、画集を眺めたり、調子の良いときにはホスピスの周辺を散歩したりして過ごした。

医師とは共通点があった。息子がひとりいて、夫はもういないこと。ちがっているのは、話し合いの末に夫と離婚したか、あるいは話す間もなく亡くしたかという点だった。医師は夫を、子どもが五歳のときに、交通事故で亡くしていた。横断歩道を渡っているときにブレーキとアクセルを踏みちがえた乗用車に轢かれたのだと、彼女は話した。

医師はよく惚気《のろけ》るような口ぶりで、故人のことを話した。彼女の夫は、大学病院に勤める小児科医だった。大人といるよりも子どもと遊んでいるほうがはるかに楽しめるひとで、息子が生まれたときの喜びようは、彼女が妬けてしまうほどだった。

ねぇ、パパ。わるいイルカっている？　五歳になったばかりの息子がある休日の昼どき、三人で出かけた先から家に帰る電車内で、医師の夫にそう質問をしたことがあった。水族館が好きな息子はイルカショーを何度か見たことがあったが、なにを動機にそんな質問をしたのかは、わからなかった。

息子の質問に夫は、深い感銘を受けているようだった。

夫はしゃがんで、息子と目線を合わせてから言った。とてもおもしろい質問だと思う。ところで、わるいって、どんなことだと思う？　夫がそう問いかけると息子は、答えを探すようにあたりを見回してから、こわいことをすること、と答えた。そうだよな、ほかのひとがこわいと思うことをしたら、わるいよな。夫は、彼女のほうを見た。その好奇心に満ちた表情を、彼女はいまでもよく覚えているのだと言った。でもな、お父さんはこう思うんだよ。彼女の夫は、息子のほうに向き直ってつづけた。だからといってそのイルカは、わるいイルカではないんじゃないかな。理解したのかどうか、息子は口を開けたまましばらく考えるような表情を浮かべた。やがて小さく頷くと、窓の外を流れる景色に興味を移したようだった。

その晩、息子を寝かしつけてから夫婦の寝室へ向かうと、夫はベッドに仰向けになって、ぼんやりと宙を見つめていた。わるいイルカのこと？　医師がそう聞くと夫は、ああ、と力なく返事をして、彼女に訊く。どう思う？　倫理学の教授なら、いないと言うんじゃないかな。彼女がそのように言うと、そうだよな、と夫は頷いた。夫は半身を起こして、ベッドサイドのランプを消す。子どもといるとこんな風に、気づかぬうちにできていた結び目が不意にほどかれて、いちから自分の手で結び直すようなことがある。ベッドにもぐりこんだ彼女の首の下に腕をまわしながら、夫はそう言った。彼女は夫のほうへと向き直って言う。イルカっていうのがいいよね。彼女の言葉に、うん、イルカなのがいいと夫は言った。

医師がしてくれたその話について、女はひとりでいるときに考えてみることがあった。わるいイルカ、わるい父親、わるい母親。医師の夫が言ったことを、気づけば勝手に自分のことに置き換えて考えていた。

病室で息子といるあいだには、将来のことをずいぶん話した。自分自身は若い頃、なんだか輝かしい展望を期待されている気がして、大人から将来について聞かれるのが苦手だった。だがいまでは、過去の話は過剰な感傷を生んでしまい、現在は病と切り離して語ることが難しかった。未来について話すとき、当然、その未来には自分はいないのだという考えがよぎったが、それでも無責任に将来を想像することは、むしろ気休めになった。

学生時代に貯金をして一度だけ訪れることができたスイスのユングフラウの話を息子は面白がり、もしいつか海外に住まうとしたらという計画ともいえない想像を楽しんだ。登頂こそせずに初心者向けのトレッキングコースをまわったあのとき、コントラストやハイライトを過度に調整した写真のように現実離れした山脈の景色に圧倒されながら、足元を見ると、日本の高山とさほど変わらない植生が広がっていたことが印象的だった。重い荷を背負って息をきらしながら足元を見て歩いているあいだは日本の山道と変わりないのに、ひとたび視線を上げると、天国と見まごう絶景がそこにあった。

もし外国のひとと恋愛するとしたら、聞き上手な相手がいいと思うよ。あなたは自分で思っている以上におしゃべりだから。おしゃべりかな、おれ？　うん。一度話し出すと、相手が相槌を打っていなくたって、考えが尽きるまで話しつづける。女がそう言うと息子は、ガールフレンドと別れた顚末に思い当たるところがあると言って苦笑いした。ひとしきり話が落ち着くと、女はちょっと疲れたと正直に伝え、グラスの水をほんのすこし口にして、目を閉じた。

しばしの眠りから目覚めたときに、まだ息子が病室の椅子に座っていて、手元の本に視線を落としていることがよくあった。自分が目を覚ましたことに息子が気づくまでのあいだ、彼の横顔をしばらく盗み見ていた。そうした何気ないときが、病人としてもっとも弱気になる時間だった。すでに死者であるかのような目線で息子を眺めていると、寂しさと、由来の知れない申し訳なさが胸を占めるのだった。

だが、イルカのことを思い浮かべてみると、のしかかってくる胸の重みは不思議と和らいだ。わるいだとか、幸福だとか、そういったことがらから逃れてほの暗い海中を悠々と泳ぐイルカのイメージを心のどこかに持つことが、わたしたちには必要なのだと女は思った。そうしたお守りのようなものがあってはじめて、激しい波に揺さぶられるようにしてつづく日々を、ひとは生きながらえていけるのだと。

明け方から細かい雨が降りつづくある昼に、どうしても外に出たくなったことがあった。病室のベッドから窓の外を眺めていると、分厚く立ち込める色濃い雲に反して、あたりは不思議と好天さながらに明るく、なぜだか幼い頃、台風で午前授業になった小学校から友だちと連れ立って帰ったことを思い出した。その頃に持っていた子ども用の小さな傘の、黄色いプラスチックでできた柄の滑らかな感触までよみがえった。

看護師に頼むと、冷えてしまうからとしばしためらったが、医師に確認しに行ってくれた。看護師が帰ってくるかわりに医師がやってきて、わたしがご一緒させてもらおうかなと言いながら、クローゼットに架けてあった厚手のカーディガンを手に取り、肩を覆うようにかけてくれた。

数日前に手洗いに立った際に、足が動かなくなっていたことが気がかりだった。看護師にありのままに話すと、部屋のわきに畳んで置いていた車椅子を慣れた手つきで広げ、そこに彼女を座らせて、気を紛らわせるような当たり障りのない会話をしながら手洗いまで車椅子を押していき、用を足す介助までしてくれた。ついにこのときが来たかと覚悟したが、ひと晩寝て、翌日の朝になってみると、再び立って歩けるようになっていた。病状はそうして行ったり来たりを繰り返しながら、しかし着実に悪化していた。

医師にひじを支えられながらベッドから立ち上がると、一歩も踏み出せなかった数日前ほどではないが、ただ立つだけで膝が震え、うまく力を入れることができなかった。慌てれば慌てるだけ震えるだろうと思えたので、目をつむり、腹の底から息を吐いた。五回、六回と、息を吸って吐いてを繰り返す。次第に、まっすぐ立つことができるようになった。

油断すると横へ後ろへと流れ倒れそうになるからだを、その揺れをなるべく抑えながら、一歩、一歩と前方へ運んでゆく。かつてした登山を思い出したが、慎重に歩みを進めるのは同じでも、要領はまったくちがうものだった。底の硬い登山靴で急坂の岩場を登るとき、左右の足をリズムよく踏み出して、体重が移動する力を利用して進んでいった。いまでは、自分という重しを意図して動かす方法を、この足はすっかり忘れてしまっているようだった。几帳面に左右に揺れていたはずの振り子が、思わぬ方向から弾かれて、8の字に近い不規則な動きをしたまま、本来の振りを忘れてしまったような。

そんなふうにして女は自らの置かれた状況を、誰に伝えるでもなく、言葉で喩えてみるようにしていた。言葉遊びは気を紛らわせるとともに、ままならない自らの状況を、遠くから眺めるのに役立った。やがて意識が混濁してしまったら、もうそんなことを考える余裕すら失われるだろう。そのことは、自分でよくわかっていた。

廊下を抜け、エレベーターで一階に降り、ロビーを過ぎて、ガラスの自動ドアを通って外に出る。軒下で立ち止まり、建物の目の前のコンクリート敷きのロータリー、その先に広がる青い芝生、二十五メートルプールほどの大きさの池を見渡す。

あたり一帯は、病室の窓越しでは聞こえなかった雨音で満ちていた。雨粒が立てる音はひとつひとつは微かですぐさま消え入ってしまうが、無数に降りつづくそれらの音は重なり連なり、ひとつづきの信号のように、絶えることなく響いていた。

乱れた水面、コンクリートの凹凸、芝生の一葉一葉、草陰に潜む秋の虫たち。自分の耳では聴きわけることができないが、それぞれ異なるものへと落下し弾かれる雨音は、きっとまた異なる響きをしているのだろう。そんなことを学生時代、授業に退屈していたときに、考えるでもなく思っていたような気がする。

軒の外へと踏み出そうとすると、医師はパラソルみたいに大きなビニール傘を広げて、二人の頭上に掲げる。途端に、雨が傘にぶつかるこもった音だけが聞こえるようになる。

今度、別れた夫がここに来るんだ。女がそう話すと、噂には聞いていたけれど、お目にかかれるなんてうれしいと言って、医師は笑った。別れた夫のことは、もう何度も話したことがあった。出会ったばかりの頃のことや、夫がアルコール依存に苦しんでいた時期について。離婚したのち、父親のもとを訪れた息子を迎えに行く際に、わずかに言葉を交わしていた頃のこと。とりとめもなく話題にしていたので、医師が別れた夫をどんな人物と捉えているか、わからなかった。

写真だと、あのひとに似ているよね。なんだったっけ、韓国の俳優。ソン・ガンホ。そう医師に言われたが俳優の顔がすぐには思い浮かばず、医師の持っている携帯電話で画像を検索して見せてもらう。以前、お互いが好きな映画として挙げたサスペンス映画の主演を務めていた俳優だった。

えー、似ているかなぁ。

ちょっとほら、黒目の感じとか、口の周りの優しい感じとか。

うーん、鼻をもっと尖らせて、輪郭を柔らかいパンしか食べないような頼りない感じにしたら、似ているかもしれないけど。

そう言うと医師は、たしかに、たしかにと言って、次々とソン・ガンホの写真を表示させる。

こうして気兼ねなく話せる相手は学生時代からの友ばかりで、大人になって生じた関係としては、数少ないうちのひとりだった。このひとと人生の最期に出会えたことは幸いであると素直に思えた。この数ヶ月、ああすればよかった、こうすればよかったと幼子のように駄々をこねている自分と、これまでずっと拘り諦めることのできなかったものごとを手放すことができている身軽な自分とが、同居していることが不思議だった。

離婚する直前、口を閉ざすばかりだった夫が、わずかに心情をこぼしたことがあった。酩酊した彼の言葉は、姉の夫であったひとへの罵倒と、自分自身を恥じる思いとを行ったり来たりしていた。彼のなかで、姉が死へと追い込まれた要因はその夫にあることになっていた。彼がそう考える根拠ははっきりと語られることがなく、いまとなってはもう真偽はわからなかった。しかし、姉の死から長い年月が経ち、憎しみは彼のなかでもはや根拠を必要としないものになっていた。あいつを殺さないまま、自分はのうのうと生きながらえてしまっている。それが、グラスをかたく握りながら彼が口にした言葉だった。

医師が促すのにしたがい池をあとにして、ロータリーを渡り、建物へと帰っていく。自動ドアを通る前に、医師は傘を振り、水滴を払った。傘のはためく音がなんだか耳障りに感じた。おかえりなさいと言って、受付の女性が微笑む。彼女と医師が他愛もない言葉を交わすのに加わる気分になれなかったことで、自分のからだがずいぶん疲労しているのだと気がついた。

手が震えて名前を書くことにすら苦労するようになり、勤務先でどうしても署名の必要が生じたときに備えて、小さなボトルに酒を隠していた、かつての夫。こんな状態のままひとが生きていけるわけがないと感じて、あのとき自分は、彼がしきりに求めた離婚を、ついに受け入れた。その選択があやまちだったとは、いまになっても思わない。きっと、もっと悲惨な事態にもなりえたのだ。夫はもしかしたら、わたしや息子に手をあげるようになっていたかもしれない。あるいは、自分自身で人生を終わらせてしまっていたかもしれない。

そうはならなかったいま、そしてこれから、別れた夫と息子はどのように生きていくのだろう。今度、病室を訪れる別れた夫と自分は、どんな言葉を交わすだろうか。別れた頃の感情がよみがえって、なぜアルコールで身を壊すまでひとりで抱え込んだのかと、今更になって夫をなじるだろうか。これから先、きちんと息子のことを支えるようにと、説教じみた言葉を残したくなるのだろうか。息子の将来を見届けられないことが悔しいと言って、泣いて困らせるだろうか。

自分はそのどれも口にしないだろうという気が、女はしていた。死の際にいて、憤りも、うらめしい気持ちも遠ざかり、いまではただ遺されるひとたちの安寧を願うこの気持ちを、もしほかのひとが聞いたら、きれいすぎると思うだろうか。生きる可能性をあきらめて、自分自身にすら本心を偽っているのではないかと訝しむだろうか。たしかに、心のうちを端々まで探れば、憤りもうらみもあるだろう。しかし、それを本心と呼ばないことは、もはや何をできるでもない自分が決めることのできる、数少ないことだった。

廊下にかけられたいつものあの絵を、医師に支えられて歩きながら横目で見る。何度見ても、川の向こう岸では草原が燦々とした陽に照らされており、手前の岸は、画面には描かれていないがおそらく右手にそびえている山の影によって、暗く覆われてしまっている。

医師が持ってきてくれた画家の来歴やインタビューは興味深いものだった。画家は若い頃にインドやネパール、さらに欧州へと山景を巡り、土地に残る山岳信仰を取材する旅をつづけていた。それがその後の創作に影響を与えたという説明も納得できる気がした。しかし、どれだけ読んでみたところで、絵に込められた意図をはっきり理解できたとは思えなかった。

だが、わからない絵を眺めて暮らすその感覚を、自分はずいぶん前から知っていた。折り合いの悪いまま縁を遠ざけた両親。添い遂げることの叶わなかった夫。ときに絵の真意を判読できたと喜び、またすぐさま、それは間違いだったと気づいて落胆する、果てのない往復。寄せては返す波のようなこの往復が、平坦な日々に光や翳をかわるがわる注がせて、細かな凹凸や、色彩の機微を知らせてくれた。徒労だったと言われれば、そんな気もする。苦痛とも、疲労感ともちがう、長い道のりを自らで辿りつづけたことの手触りのようなものだけが、このからだに残っている。

自分はもうすぐこの往復を終える。別れた夫はまだしばらく、わからない絵を抱えて生きながらえていくのだろう。息子にも、壁にかかっている絵をふと見つけるときが来るのだろうか。いや、彼はもうすでにそれを見つけているかもしれない。その絵を誰かほかのひとが覗きみることも、ましてや答えを教えてやることもできはしない。

これから先、べつにふたりがかたく手をとりあわなくたっていい。父親は父親でなくなり、息子は息子でなくなるのならばそれでもいい。しかし、もしもまたふたりが互いに向き合うことがあるとしたら、鏡の前に立つようにして、そこになにかを見出すことがあるかもしれないと思う。

生から死へと渡る縁に立つようになった自分はいま、夫の別れた妻であることや、息子の母であることからだんだんと遠ざかっているようだった。医師にとっての患者や、友にとっての友であることからも。立方体の箱が一面また一面と失われていって、やがてちっぽけな空間だけがそこに残るさまを思い浮かべる。わたしはそのようにして、死によって失われていくわたしを知る。

ありがとう、とベッドに横たわるのを支えてくれる医師に伝える。介助されるたび、口癖のようにそう言うようになってしまったが、このときにはきちんと医師の目を見て言う。この医師がいなければ、このような最期にはならなかった。横たわると、頭のなかに薄い靄がかかりはじめる。幼い頃の休日、早朝に目が覚めて、親が起きるのを布団のなかでじっと息をひそめて待っていた、青白い光に包まれていた時間を思い出す。

散歩に出た雨の日から十三日後、女のからだは静かに呼吸をとめる。彼女の息子、姉、別れた夫がその数時間前に駆けつけるが、そのときすでに昏睡状態にある女は、目を開くことも、言葉を口にすることもない。医師は家族にそのことを語らないが、最期の数日間、肉体的苦痛にさいなまれた女のからだには、たしかなその痕跡が残っている。

医師と姉とが一緒になり、心臓の止まった女の髪を梳《と》かす。女の誕生日に医師が贈った、スパイスの香りがするオイルを手でもみこんで、豚の毛でできたブラシで梳《す》いていく。死化粧だからしようがないといっても、あんまり濃くしないでよね。女がそう話していたことを、医師と姉は涙しながら話す。別れた夫は、部屋の隅に置かれたパイプ椅子に、力なく座っている。

息子が、女の手を握る。その手は細く筋が張り、しかし先ほどまで巡っていた血液の温度をまだ残している。ずっとあとになって、息子はその温もりを思い出しながら、母との別れについて、やがて妻となる相手に語る。かつて触れた温もりを自らの手のひらに甦らせることで、そのときに聞いた音、匂い、そばにいた父や伯母の表情の記憶を、手元にたぐりよせることができる。温もりは、そうしたいくつもの記憶を結ぶ天蚕糸《てぐす》のようにして、息子のなかに長く残る。

妻は彼の目をまっすぐ見つめながら、その話に耳を傾ける。場所はイタリア北部の盆地にあるハイキングルートで、二人は崖下に向かってせり出した岩に並んで腰掛けている。眼前に見晴らす村を二分するようにして、細い川が流れている。妻の瞳は静かに澄んでいて、見つめていると、その川の流れる音まで聞こえるような気がしてくる。この瞳をずっと見ていられたらいいと、息子は口に出さず思う。

あまりに細く、幼い頃から何度となく握ってきた手とはかけ離れた母の手。しかし、たしかにこの手に腕を引かれながら、二十年という歳月を過ごしてきた。母がいなくなるという事実は途方もなく、うまくとらえることができない。しかし、この手に触れるのはこれが最後なのだと言葉にして思うと、悲しみがはっきりとした痛みをともなって胸を衝く。

息子は母親のその手を、右手で握ってみたり、左手で握ってみたりする。この先に何が起き、いま目の前の光景を見て感じたことが、どのように残っていくのか。あるいは、消えていってしまうのか。いまはまだなにもわからないままで。

＊初出一覧

息　「新潮」二〇二二年十月号

わからないままで　「新潮」二〇二〇年十一月号

息《いき》

著者
小池水音《こいけみずね》

発行
2023年 5 月30日

発行者 佐藤隆信
発行所 株式会社新潮社
〒162-8711 東京都新宿区矢来町71
電話 編集部 03-3266-5411
読者係 03-3266-5111
https://www.shinchosha.co.jp

印刷所
大日本印刷株式会社
製本所
大口製本印刷株式会社

乱丁・落丁本は、ご面倒ですが小社読者係宛お送り下さい。
送料小社負担にてお取替えいたします。
価格はカバーに表示してあります。

ISBN978-4-10-355041-9 C0093

☆新潮クレスト・ブックス☆
靴ひも
ドメニコ・スタルノーネ
関口英子訳
四十年前の危機を乗り越えたはずの家族。彼らを繋ぎ留めてきた紐帯が、留守宅を襲う何者かに断たれた。ジュンパ・ラヒリが惚れ込み、英訳して絶賛された衝撃作。

☆新潮クレスト・ブックス☆
海と山のオムレツ
カルミネ・アバーテ
関口英子訳
食べることはその土地と生きてゆくこと。イタリア半島最南端、カラブリア州出身の作家が、絶品郷土料理と家族の記憶を綴る、生唾なしには読めない自伝的短篇集。

☆新潮クレスト・ブックス☆
友だち
シーグリッド・ヌーネス
村松潔訳
誰よりも心許せる男友だちが命を絶ち、喪失感を抱えた女性作家。そこに男が飼っていた老犬が転がり込んできた。思わず息をのむほど悲痛で美しい、全米図書賞受賞作。

☆新潮クレスト・ブックス☆
恋するアダム
イアン・マキューアン
村松潔訳
冴えない男、秘密を抱えた女、アンドロイドの奇妙な三角関係——。自意識を持ったAIが、恋愛や家族の領域に入り込んで来た世界をユーモラスに描く傑作長篇。

☆新潮クレスト・ブックス☆
ケミストリー
ウェイク・ワン
小竹由美子訳
どうしてうまくいかないの？　研究も、彼からのプロポーズにも答えが出せない、リケジョのこじれた愛と家族と人生のものがたり。中国系アメリカ人作家のデビュー作。

☆新潮クレスト・ブックス☆
サブリナとコリーナ
カリ・ファハルド＝アンスタイン
小竹由美子訳
コロラド州デンバー、ヒスパニック系住区のやるせない日常を逞しく生きる女たち。その声なき叫びを掬い上げた鮮烈なデビュー短篇集。全米図書賞最終候補作。

☆新潮クレスト・ブックス☆

光を灯す男たち

エマ・ストーネクス
小川高義訳

1972年、英国最南端コーンウォールの灯台から3人の男たちが忽然と消えた。灯台守と妻たちに何が起こっていたのか？　実話を元にした美しき文芸ミステリ。

☆新潮クレスト・ブックス☆

青いパステル画の男

アントワーヌ・ローラン
吉田洋之訳

骨董を愛好する男が、自分そっくりの18世紀の肖像画を落札した。その正体を探す旅に出たところ……。『赤いモレスキンの女』の著者による大人のおとぎ話第三弾。

☆新潮クレスト・ブックス☆

別れの色彩

ベルンハルト・シュリンク
松永美穂訳

年齢を重ねた今だからわかる、あの日の別れの本当の意味を――。ドイツの人気作家が、さまざまな別れをめぐる心象風景をカラフルに描く円熟のベストセラー短篇集。

☆新潮クレスト・ブックス☆

ホットミルク

デボラ・レヴィ
小澤身和子訳

原因不明の病で歩けない母と、献身的に介護する25歳の娘。南スペインのバカンス地で、娘は男と女に惹かれ、そして本当の痛みと向き合う。ブッカー賞最終候補作。

☆新潮クレスト・ブックス☆

数学が見つける近道

マーカス・デュ・ソートイ
冨永星訳

数学は人間の思考をいかに合理化してきたか。素数、微分、確率、集合……「コスパ」や「タイパ」を極めるなら必須の、思考の「倍速術」を紹介する科学エッセイ。

☆新潮クレスト・ブックス☆

緑の天幕

リュドミラ・ウリツカヤ
前田和泉訳

ソ連とは一体何だったのか？　激動の時代を駆け抜けた三人の少年を軸に、強権的な国家の中で、それでも人間らしく生きようともがく人びとを描いた畢生の大河小説。

惑う星　リチャード・パワーズ　木原善彦訳

パパ、この星に僕の居場所はないの？　地球を憂い情緒が不安定な少年に、実験室での亡き母の面影との邂逅は驚きの変化をもたらすが——科学と情感が融合する傑作。

荒地の家族　佐藤厚志

あの災厄から十年余り。妻を喪い、仕事道具もさらわれた男はその地を彷徨い続けた。仙台在住の書店員作家が描く、止むことのない渇きと痛み。第168回芥川賞受賞作。

ギフトライフ　古川真人

政府と企業が安楽死と生体贈与を推進する近未来。老人や障碍者＝弱者の生き方、死に方が問われる先に見えてくるのは何か。時代の闇と悪を問う、気鋭の長篇小説。

彼女のことを知っている　黒川創

70年代の京都、80年代の東京、そして2020年代——。「私」の少年時代から作家となり父となった現在まで、「性」が人生にもたらすものをつぶさに描きだす長篇小説。

祝宴　温又柔

長女が同性の恋人の存在を告白したのは、次女の結婚式の夜だった。いくつもの境界を抱えた家族を、小籠包からたちのぼる湯気で包み込む、気鋭の新たな代表作。

水平線　滝口悠生

激戦地として知られる硫黄島にかつて暮らしていた私の祖父母たち。もういない彼らの言葉が、波に乗って聞こえてくルルル——分岐する人生と交差する時間を描く。